警犬汉克历险记52

寻找大白鹌鹑

作 者

[美] 约翰·R.埃里克森

插画家

[美] 杰拉尔德·L.福尔摩斯

译 者

刘晓媛 英尚

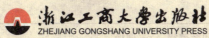

浙江工商大学出版社

ZHEJIANG GONGSHANG UNIVERSITY PRESS

图字：11-2011-207 号

图书在版编目（CIP）数据

寻找大白鹌鹑 /（美）埃里克森（Erickson, J.R.）著；
刘晓媛，英尚译 .—杭州：浙江工商大学出版社，2015.3
（警犬汉克历险记；52）
书名原文：The Quest for the Great White Quail
ISBN 978-7-5178-0150-4

I.①寻… II.①埃… ②刘… ③英… III.①儿童故
事—美国—现代 IV.① I712.85

中国版本图书馆 CIP 数据核字（2013）第 292206 号

寻找大白鹌鹑

[美] 约翰·R.埃里克森 著

刘晓媛 英尚 译

出版发行	浙江工商大学出版社
出 品 人	鲍观明
版权总监	王毅
组稿编辑	玲子
责任编辑	罗丁瑞 黄静芬
策划监制	英尚文化 enshine@sina.cn
营销宣传	北京大地书苑图书发行有限公司
设计排版	纸上魔方
印 刷	北京市全海印刷厂
开 本	710mm×1000mm 1/16
印 张	8
字 数	100 千字
版 印 次	2015 年 3 月第 1 版 2015 年 3 月第 1 次印刷
书 号	ISBN 978-7-5178-0150-4
定 价	19.80 元

版权所有 侵权必究 印装差错 负责调换
浙江工商大学出版社营销部邮购电话 0571-88804228
北京大地书苑图书发行有限公司团购电话 010-85988486

本书献给乔治·克莱四世，

感谢他去年秋天

没有让我和他一起吃麋鹿肉

牧场全景图

1. 盖岩高地
2. 通往特威切尔市的道路
3. 通往高速公路和83号
   酒吧的道路
4. 马场
5. 斯利姆的住所
6. 蛋糕房
7. 器械棚
8. 翡翠池
9. 鲁普尔一家住所
10. 比欧拉所在牧场
11. 邮筒
12. 油罐
13. 狼溪
14. 黑森林

出场人物秀

汉克

牛仔犬，体型高大。自称牧场治安长官。忠诚又狡黠，聪明又愚蠢，勇敢又怯懦。昵称汉基。

卓沃尔

汉克忠诚但胆小的助手。个子矮小，执行任务时，经常说腿疼，让人真假难辨。

皮特

牧场里的猫，喜欢和汉克作对，但与卓沃尔关系不错。

鲁普尔

汉克所在牧场的主人，萨莉·梅的丈夫。

萨莉·梅

牧场女主人，因不喜欢汉克的淘气和邋遢，与汉克的关系时好时坏。

斯利姆

牧场的雇员，牛仔，独身，生活较邋遢。

阿尔弗雷德

鲁普尔与萨莉·梅的儿子，是个活泼、好动的小男孩儿。

莫莉

鲁普尔与萨莉·梅的女儿，阿尔弗雷德的妹妹。

比欧拉

附近牧场上的牧羊犬，汉克的梦中情人。

柏拉图

胆小、懦弱的捕鸟犬，比欧拉的男朋友，汉克的情敌。

瑞普和斯诺特

郊狼兄弟。头脑简单，性情凶残，喜欢唱歌和豪饮。

精彩抢先看

请求帮助

当眼泪顺着她的面颊流下来时，我数着她泪珠的嘀嗒声，二十三下。"好吧，比欧拉，你想让我干什么？"

她擦了擦眼泪，注视着我。"我想让你在郊狼逮住他之前找到他。"

"我为什么要这样做？我相信你清楚我和他是情敌。"

"是的，我知道，不过那个可怜的家伙值得再给他一次机会。"

"是吗？嗯，我也值得。"

我们互相凝视了很久，然后她说："如果你能救他，你就会得到你的机会。"

我的耳朵一下子竖了起来。"同你在一起？"她点了点头。"哇噢，我需要听到的就是这些！他走的是哪一条路？"

"北边，我想，向着大峡谷。那条路很危险。"

"危险？哈！我甚至不会写这个词儿，我怎么可能害怕它呢？我的草原之花，我要出发去执行一项任务。回头今天下午，我和你再谈一下一些重要的事情。"

目录

目录

第一章

卓沃尔偷了
一辆卡车

又是我，警犬汉克。有些狗会由于强迫性的行为而让自己惹上麻烦，你们知道吗？

最普遍的例子就是捕鸟犬。捕鸟犬由于……行为怪异而闻名，让我们这样说。昨天他们还好端端地过着一条狗所向往的衣食无忧的生活，而今天……噗，他们消失了，去寻找一只鸟或者莫名其妙的什么东西。他们擅长玩失踪，当要找回家的路的时候却完全是个白痴。这只是我不喜欢捕鸟犬——尤其是柏拉图——的上百个理由当中的一个，后面还有很多。

不过，即使是一些非捕鸟犬类的狗，也会产生强迫症——例如说，咀嚼。他们一看到地面上有什么东西，脑子里就会有一种声音在说："我要去咀嚼它！"如果被咀嚼的东西正好是树枝或者骨头，通常不会引起什么大问题，因为……嗯，谁在乎树枝或骨头呢？没有人。

不过，这些强迫性行为有时会失去控制。还记得那句睿智而古老的格言吗？唔，我想我记得，不过，突然之间……好吧，让我们跳过睿智而古老的格言这一段吧。我们反正也并不需要它。

问题是强迫性咀嚼是一个坏习惯，我们的人类朋友不会给这个坏习惯加分。当他们的财物因此而被家里的狗损坏时，他们不喜欢这样。

我知道这一点。我所不知道的是，我做梦也没有想到的是，卓沃尔有咀嚼方面的问题。他的这个行为引起我的注意的时间是在一个早晨……我不记得哪年哪月了，不过，那是在一年当中非常温暖的一段时间里。

我几乎彻夜未眠，浏览着怪兽报告，与当地的郊狼们相互叫骂。这是我们经常玩的一个小游戏，他们走到牧场总部的外围，嚎叫着诸如此类的事情："好吧，伙计，我们打算洗劫你的鸡舍，偷走你所有的小鸡，然后，我们会狠狠地揍你一顿，让你自己的妈妈都认不出你的脸！"

我毫不示弱地反击回去，例如："哦，真的吗？上次是哪个废物在重病特别护理室躺了六个星期？你也想要试一试，呃？你想要去急救室逛一逛？好啊，放马过来吧！"

相当令人震惊，是不是？的确如此，那些家伙们在我们这里占不到多少便宜。好消息是郊狼们很少冒险进入牧场总部，所以一条狗在与他们进行骂战时非常安全，嘿嘿。这很有趣，这是牧场治安长官工作中小小的娱乐之一，这些乐趣让人觉得做这份工作也值了。

我们说到哪儿了？哦，是的，卓沃尔。我几乎彻夜未眠，巡视着牧场总部，在与郊狼的对战中督促白昼的到来。大约清晨八点钟的时候，我返回到我位于安全部高大办公楼内的办公室里。我慢悠悠地走进办公室，立刻看到我的桌子上堆积着如山的报告、绝密文件、卫星照片，还有关于我领土内敌情的最新简报。

我审阅着这一大堆资料，就在这时，我无意中向我的右侧瞥了一眼，看到了卓沃尔，他正坐在他的粗麻袋床上，咀嚼着什么东西，嘴和牙齿发出了令人感到不舒服的声音。我仔细地观察着，看到他正在咀嚼一辆塑料卡车。

"你在干什么？"

"很好，谢谢，你呢？"

"你正在咀嚼一辆卡车，你知道吗？"

他向我傻傻地咧嘴一笑。"哦，是的，不过这不是一辆真卡车。"

"我知道它不是一辆真卡车。"

"它只是一个玩具。"

"我知道它只是一个玩具，我也知道它属于小阿尔弗雷德。换句话说，你正在咀嚼他的一个玩具。"

"不，我是在院子外面发现它的，阿尔弗雷德的玩具都放在院子里面，所以，这不可能是他的。"

我走到他的面前，严厉地注视着他。"卓沃尔，你失去理智了吗？你在这个牧场上所找到的任何一辆玩具卡车，都是小阿尔弗雷德的，你知道为什么吗？"

他转动了一下眼珠儿。"哦，让我想一想……"

"首先，斯利姆和鲁普尔驾驶真正的卡车，不需要廉价的塑料仿制品；第二，萨莉·梅不玩玩具；第三，小宝宝莫莉是一个女孩儿，不喜欢卡车。还剩下谁了？"

"嗯，让我想一想，"他皱起了眉头。"皮特？"

我哼了一声。"卓沃尔，皮特是只猫。"

"是的，但是他玩东西。"

"他玩他自己的尾巴，猫还没有聪明到玩玩具的地步。还有谁？"

他的脑袋开始垂下来，他的傻笑消失了。"嗯……天啊，我永远也不会咀嚼小阿尔弗雷德的玩具。"

"是的，不过你正在这样做着。看看你干的好事。"

他盯着那辆小卡车，卡车上到处都是牙印。他的嘴唇开始颤抖起来。

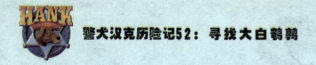

"这看起来糟透了，既然你提到了这件事。"

"它看起来糟糕透了。我必须告诉你，我对你的这种突如其来的破坏性行为感到很震惊。我们是被雇来保护牧场的，卓沃尔，而不是毁坏它。"

一颗眼泪顺着他的脸颊流了下来。"嗯，我控制不住自己，我看到了它，我只是……我只是忍不住想咀嚼它！"

我来来回回地踱了几步，考虑了一下我应该作出的反应。愤怒、叫嚷与发火不会解决任何问题。显然，这个小矮子有问题，他需要忠告。嗯，谁处理这件事能处理得比我好？

我走到他的床边。"卓沃尔，你被你品性中邪恶的一面给控制了，这称为'强迫性咀嚼'，这是一个很严重的问题。"

他发出了一声哀号。"噢噢噢！我就知道事情有些不对劲！在我的一生中，我从来没有咀嚼过卡车。我该怎么办呢？"

"你可以照我告诉你的去做。如果你遵从我的指导，我认为我们能够搞定这个愚蠢的破坏性行为。"

他用恳求的眼光看着我。"天啊，你没骗我吗？我还有希望吗？"

"是的，不过只有在你作好掌握你自己生活的准备，并把这个恶劣的事件抛弃在脑后的时候才有希望。你准备好了吗？"他点了一下头。"很好，现在，仔细听着。首先，你必须重复这句康复咒语。"

"我不记得那句咒语。"

"我还没有告诉你呢。"

"哦，抱歉。"

"这句咒语是——请注意听好了——这句康复咒语是：'卡车真讨厌，紫罗兰颜色发蓝。谁要喜欢咬东西，就会被送进动物园。'"

他用空洞的眼光看着我。"就这些，就说这些咒语？"

"没错，饭前一次，睡前两次。"

他皱起了眉头。"如果我忘记了咒语怎么办？"

"那么，它就不会起作用了。你就只能靠你自己了。这是你的生活，卓沃尔，你要么控制住它，要么让它失去控制，如果你现在不努力阻止它，它只会越变越糟。"

他困难地咽了一下唾沫。"嗯，我想我可以试一下。"

"要的就是这种精神。哦，还有一件事。为了保护你，我必须没收这辆卡车。"突然之间，他用嘴叼起了卡车，从我身边转过头。"卓沃尔，听我说，你表现出了强迫性咀嚼的所有症状，你必须把它放下来。"

片刻紧张的沉默过后，卡车从他的嘴里掉了下来。"这是我曾经咀嚼过的最好的卡车。"

"我知道，不过它让你变成了疯子。往旁边让一让。"他向旁边走了一步。"你会感到高兴的，相信我。"

"你拿它怎么办？"

"我会把它送回到院子里。如果我们幸运，没有人会怀疑你损坏了一个天真孩子的玩具。"

"我希望你不要这样说。"

"不过，这是事实，卓沃尔。你看，它让疾病变成了悲剧，它让狗们从他们最好的朋友那里偷东西。"

"要我跟你一起去吗？"

"绝对不要。这有可能会让你旧病复发。"

他注视着地面，点了一下头。"我想你是对的，我们最好不要冒这个险。"

我把爪子搭在他的肩膀上。"小伙子，在一两个月之内，我们就会忘记这件事的，我们就会笑着谈起它。不过今天，我必须把这个东西从这里送走。"

我用巨大的嘴巴叼起这个玩具，匆匆忙忙地跑出办公室。我越早把这个东西处理掉就越好。

第二章

得克萨斯州
的骨头饥荒

我一路小跑着经过花园，经过翡翠池，登上油罐北面的小山坡，来到器械棚前面。在那里，我停下脚步，观察着庭院前面的情况。

我不介意将卓沃尔偷来的东西还回去，不过，我的确不想被房子里面的人看到。看，我完全有理由怀疑，如果他们看到我嘴里叼着阿尔弗雷德的卡车，他们就会断定我是那个致命的咀嚼症患者。更糟糕的情况是，他们会指控我为窃贼。

牧场治安长官被指控毁坏了那些玩具，这听起来很荒唐，是不是？不过，让我提醒你们，这种错误以前曾经发生过。当你认为你已经赢得了他们的信任时，他们就会在一个很尴尬的时刻捉到你，然后，对你的指控开始像雪片一样堆积起来。

萨莉·梅是最严重的攻击者，我的意思是，她的怀疑似乎永远也没有尽头。我需要在她怀疑的火焰上再浇点儿油吗？不，先生。这就是我要对整个地区用目光进行搜查的原因：房子西侧、后院、门廊、花坛，所有萨莉·梅有可能潜伏的地方，我都扫视了一遍。

我讨厌使用这个词——潜伏。不过，当一条狗被捉到了八次或十次以后，当萨莉·梅突然之间从某个地方钻出来，在难堪的时刻当场抓住他以后，他就得学乖一点儿。

看，我学到的关于萨莉·梅的重要教训就是，她经常在厨房的水槽前干活儿。当她削马铃薯皮，或者洗碟子的时候，她透过玻璃向外看，能监视整个后院地带。当你认为平安无事，没有人注意你时，她会在你犯下小错的过程中抓到你。然后，她的声音会刺穿寂静，让你身体上的每根毛发都竖立起来，于是事情在突然之间急转直下。我们当然不需要这样。

还有，你知道，我越是细想这件事，就越是不愿意因为卓沃尔犯下的罪行而受到责备。我参与这件事了吗？根本没有。但是，我拿着偷来的东西做什么？

我把这个问题提交给重型任务分析系统，得到了一个明智的解决办法，不要把卡车归还到庭院里，而是把它拖到一个安静的地方，把它埋起来。最终会有人找到它的，而我的名字永远也不会出现在嫌疑犯的名单上。

很棒的主意，我有点儿吃惊为什么没能早点儿想到它。我从房子前转过身，跑到了器械棚的北侧。抵达那里之后，躲开所有刺探的眼睛，我把那个东西扔到了地上，如释重负地长出了一口气。终于，我们摆脱它了！现在，我要返回到我的工作当中……

我转了一个圈，向四周环视着，我不认为卓沃尔会跟踪我，不过这种事情也不好说，他的强迫症非常严重。我没有看到任何东西，也没有看到任何人，于是我……呃……开始打量起那辆玩具卡车来。为什么？嗯，这种事情很难解释，如果你不曾当过一条狗，如果你不曾经历过……

我怎么说好呢？正常的狗有时候会发觉他们自己被某种物质所吸引，你们不知道吗？注意，我说的是正常的狗。我们在这里说的不是你们那完美的循规蹈矩的小狮子狗；也不是终日待在房子里，喷着香水，系着缎带，从来都不想踏出房门一步的呀呀叫的小狗。

我们在这里说的是真正的狗，正常、健康、血气方刚的美国狗，他们每天都要去工作，他们从一只轮毂罩中吃他们的狗粮，他们让乡村运转正常。看，当一条狗每天工作十八个小时，偶尔，他会想要找些乐子。我们在这里说的不是那些奢华或昂贵的娱乐，只是满足一个小小需求的简单娱乐，例如……

我发现自己正在盯着那辆玩具卡车。它是红色的，由柔软的塑料制成，不会碎裂成尖利的碎片，弄伤你的牙齿和牙龈。我几乎理解了卓沃尔被它吸引的原因，我的意思是，咀嚼柔软的塑料与咀嚼骨头不一样，不过，在骨头匮乏时期……

我提到过我们正处在可怕的骨头饥荒时期吗？也许没有，不过事实如此。这是在我最近一段记忆中，最漫长、是残酷的骨头饥荒时期。骨头的补给已经枯竭，整个得克萨斯州的狗们被迫去咀嚼……嗯，其他的东西，你们知道，树枝、岩石、报纸、旧鞋，还有其他正常情况下他们根本不会去咀嚼的东西。

我，呃，回过头，向肩膀两侧后面张望了一下，然后把目光落在那辆卡车上。我已经一连几个星期……几个月……几年……没有啃过一根像样的骨头了，突然之间……

好吧，我们需要谈一谈。我们是朋友，对不对？我们可以谈论一些令人不太愉快的事情，一些我们不能引以为傲的事情，是不是？我只是想把心里话讲出来。

我开始咀嚼起那辆卡车来，我喜欢它！

我做梦也没有想到咀嚼塑料会是这样一个令人兴奋的体验，不过，它的确是的。突然之间，卓沃尔看起来没有我曾经想象的那样疯狂了。

我把它嚼成了碎片，我还想要更多……更多的塑料！是的，塑料，这个世界到处都是优良而耐嚼的塑料，谁还需要骨头？骨头能磨损你们的牙齿，骨头渣能堆积在你们的嘴里，不过塑料……它不会裂成碎片，不会刺穿你们的牙龈。此外，你不需要吞咽它，各种各样的碎片不会被吞到肚子里……

看，塑料是为狗发明的。也许你不知道这一点，也许我也不知道，不过，有了与塑料打交道的第一次体验之后，我已经十分确定，人类之所以发明塑料，就是为了让狗能咀嚼它。

为什么不是呢？几千年来，狗一直是人类最好的朋友。当他们不讨人喜欢的时候，我们仍然喜欢着他们；当他们不可爱的时候，我们仍然爱着他们；当他们不可原谅的时候，我们仍然原谅他们。我们舔着他们的耳朵，而我们真正想要的是冰激凌；我们在寒冷的冬夜里温暖着他们；我们对他们老掉牙的笑话发笑；我们聆听他们俗不可耐的歌曲。

难道我们不值得拥有一些特殊的东西吗？是的，我们当然值得，这个特殊的东西，就是塑料。

好吧，关于塑料，有一个小小的问题。当它们被一嚼再嚼之后，它们变得一团糟。不过，与浩瀚的人类历史比起来，这个烂摊子是微不足道的。这个世界很辽阔，把这个世界放在一边，把一小部分破破烂烂的塑料放在另一边，你们就会立刻看到，破破烂烂的塑料根本没什么大不了的。这是我们的人类朋友们应该忽略的事情，对不对？

我很高兴你们理解了，因为……嗯，一旦我咀嚼过了那辆卡车，我发觉自己……呃……希望找到其他的塑料制品，我们可以这样说。

我向房子走过去。当我经过器械棚的前面时，我碰巧注意到一只小白狗的脑袋正从两扇滑门中间的缝隙中探出来向外张望。当我出现在这里时，那

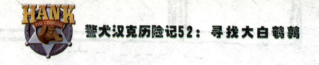

个脑袋消失在器械棚里面了。

我停下脚步，把我的脑袋探进门里。"卓沃尔？出来。我知道你在那里。"

片刻之后，他走出了器械棚，我立刻就捕捉到了一条重要的线索。他把身体扭曲成了马蹄形，脸上闪过一个傻乎乎的微笑。也许你们从来都没有在一条狗的身上见到过这样奇怪的行为，不过，我见过。卓沃尔经常这样做，这是他对什么事情感到内疚的迹象。

"你为什么这么做？"

"做什么？"

"你走路的姿势就像……我不知道像什么，像一个被咬了一口的油饼。正常的狗都沿着直线向前走，卓沃尔，你走路的样子就像一只螃蟹。"

"真见鬼，我甚至从来都没有见过螃蟹。"

"不过，你走路的姿势就像一只海滩上的螃蟹。"

"我曾经想要吃一只喇蛄，不过它咬到了我的鼻子。"

"回答我的问题。"

"我忘了，你问什么来着？"

我把鼻子戳到他的脸上。"你为什么用那种可笑的姿势走路？说实话，卓沃尔，看到你这么做让我很难堪。"

他的笑容消失了。"嗯，我觉得……"

"什么？什么？把话说完，我是一条忙碌的狗。"

"我觉得……内疚。"

我向他露出一个得意的微笑。"啊哈！我就知道。卓沃尔，你根本就不应该对我隐瞒任何事，我能读懂你的思想，就像水面上的鸭子一样清晰。"

16

我开始在他的面前踱起步来。"好吧，士兵，说出来吧。这一次你做了什么？"

"嗯……你说的关于阿尔弗雷德的玩具卡车的那些话，让我感觉糟透了。"

"我们已经讨论过这个话题了，你为什么还是念念不忘？"

"我开始感觉到了内疚的可怕负担，于是我走到器械棚这里想藏起来，但是你抓到了我。"

"你确信自己没有做过别的？向你的内心世界深处审视一下。"

"没有，就是那辆卡车。它让我感觉自己就像一只老鼠，搞坏了一个孩子的玩具。"

"卓沃尔，这没有道理。如果你觉得自己像一只老鼠，为什么你走路的样子却像一只螃蟹？螃蟹与老鼠是不一样的，因此，它们是截然不同的。"

"有什么不同？"

"螃蟹会咬人。"

"老鼠也一样。"

"这正是我的观点，它们完全不同。现在，你为什么还在挂念着那辆玩具卡车？"

他盯着地面。"嗯，阿尔弗雷德正在院子里寻找它，我想你已经把它还回去了。"

"呃？嗯，我当然把它还回去了。"

"你的牙齿上面粘了什么东西。"

"什么？再说一遍。"

"我说，你的牙齿上面粘上了什么红色的东西。"

"红色？别犯傻了。"我从他身边走开，开始擦拭牙齿。"这一定是一些，呃，红肉的碎片。"

"它看起来有几分像塑料。"

"它是红肉，卓沃尔。"

"真见鬼，你在哪里弄到的红肉？"

"别管我在哪里弄到的红肉。"

"等一下，也许是你在送卡车去院门口的时候，把卡车上的一些塑料刮下来了。"

我给了他一个愉快的微笑。"就是这样的！当然，哈哈，我为什么没有想到呢？"

"它仍然还在那里。"

我更用力地擦拭着牙齿。"现在看起来怎么样？"

他眯起了眼睛。"这回你擦掉了。"

"很好，很好。我们当然不想牙齿脏兮兮地走来走去，是不是？哈哈，是的，先生。听着，你的咀嚼症怎么样了？"

他露出了一个傻笑。"你知道吗，它好多了，那些康复咒语真的很管用。"

"棒极了。嗯，坚持做下去，孩子，不要忘了刷牙。"我竖起一只耳朵，倾听着房子那边传过来的声音。"所以说，阿尔弗雷德找不到他的卡车了，呃？我把它放在院门口了。跟你说吧，我打算跑过去帮他找找。"我故作神秘地向卓沃尔眨了一下眼睛。"小孩子就是这样。"

"你的眼睛出了什么问题？"

"什么？"

“你的眼睛抽搐了一下。”

我用充满威慑力的眼神瞪着他。“我的眼睛没有任何问题。我只是向你秘密地眨了一下眼睛，意思是我们分享了一个小小的笑话：孩子们总是把他们的玩具到处乱放。”

“哦，嘻嘻。是的，这个很好笑。”

“忘了它吧，卓沃尔，很抱歉我提到了这个话题。再见，我要去帮助一个陷入困境中的孩子了。”

说着，我离开了那个笨蛋，向院门前跑过去，呃，去帮助阿尔弗雷德找到他失踪的玩具。

第三章

可怕的她
出现了

当我坐着巡逻车赶到时，阿尔弗雷德正站在院门外面。我尖叫着刹住车，关掉警笛和警灯，匆匆走到他的身边。

他的脸上流露出一副苦恼的表情，一只手捧着下巴（有时候，这些小细节是非常重要的），皱着眉头看着地面。他抬起头来，看到了我，但是他没有笑。

"嗨，汉基，我弄丢了我的嘎车①，我找不到它了。"

我立刻启动了我大脑里的扩音器，向数据控制中心发出了一个紧急呼叫："数据控制中心，我们在院门前丢失了一辆卡车。关于卡车的描述：红色的，塑料的，一个孩子的玩具。立刻对它进行追踪。完毕。"我转身回到那个男孩儿面前，舔着他的脸，只是为了让他知道，嗯，我来到了这里，我会负责这个案子。

他把我推到了一边。"我昨天还和它在一起玩的，就在大门这里，不过现在，我找不到它了。"

我打量着大门前的地面，我所看到的犯罪现场已经被一些未经授权通行的车流和人流弄得乱七八糟的了：阿尔弗雷德运动鞋的鞋印，一个巨大的靴子印（可能是鲁普尔的），还有许多长长的留在尘土中的平行线，似乎是一

---

① 阿尔弗雷德吐字不清，把"卡车"说成了"嘎车"。

辆玩具卡车的车辙……

让我们回过头来，从另一个角度来审视一下，玩具，卡车，车辙印①，就是这个！这么说有些拗口，是不是？我打赌你们不能在咬不到舌头的情况下说三遍，即使是我说起来也有一些困难，哈哈。

不过，问题是，这个犯罪现场已经遭到非常严重的破坏，我根本无从着手。无论这里曾经有过多么重要的线索，此刻都已经消失了。如果严格地依照手头掌握的证据来看，一些普通的狗或许会得出这样一个结论，即阿尔弗雷德偷了他自己的卡车，不过……嗯，这根本说不通。

我望着那个男孩儿，把尾巴切换到迷惑不解的缓慢摇摆模式，似乎在说："哦，让我们做个总结吧。那辆卡车消失得无影无踪了，所以，忘掉这件事吧，呃？"

就在这时，房子的后门打开了，一个人从里面走了出来……哎呀，是她，萨莉·梅，那个男孩儿的妈妈，这座房子的女主人。"你找到它了吗，宝贝？"

我们曾经讨论过萨莉·梅吗？是的，我确信我们曾经讨论过，不过，让我们再说一遍吧。她身上有某种东西能让一条狗垂下眼睛、低下脑袋、夹起尾巴，还有……嗯，准备偷偷逃走。

就是那双眼睛，它们落到你身上，就像钻头一样，一路钻下去，直抵你思想中最黑暗的角落。它们总是充满怀疑，总是在搜寻着什么东西。如果你是一个小男孩儿，它们搜寻的是不整齐的头发，或你嘴角上一个果冻的残渍。

---

① "玩具"、"卡车"、"车辙"三个词所对应的英语单词toy、truck、track都以字母t开头，并且后两个单词读音近似，因此汉克觉得这三个词连读起来拗口。

如果你是一条狗，那双眼睛从你身上寻找的就是一些不规矩的想法。

老兄，如果你在脑海里有一个不规矩的想法在跳来跳去，她就会知道。怎么知道的？我们不知道，科学无法解释这件事。这与母亲的身份有关。有些母亲似乎具有这种……这种高级的雷达系统，看，它能捕捉到一英里以外的一个不规矩的想法，甚至是在一个万籁俱寂的夜晚。

没有什么能逃过那双眼睛。这很诡异，令人毛骨悚然。它足以把一条正直的、忠诚的狗，变成一个神经兮兮的患者。

她离开门廊，向院门口走来，我能感觉到她的眼睛正走进我大脑中的私人房间，掀起了地毯，查看着每一个黑暗的角落，窥探着每一件家具的下面，然后，突然之间……

你们不会相信的，不过在我意识到之前，我已经……嗯，把我的身体弯曲成了马蹄状，并向她露出了一个傻乎乎的笑容，似乎在说："嗨，萨莉·梅！很高兴见到你。家里怎么样，呃？庭院看起来很不错。你头上顶的是一个秃鹰的巢吗？糟糕，是你的头发，抱歉。总之，我和阿尔弗雷德正在……好家伙，天气真不错，是不是？"

好吧，我曾经因为卓沃尔把他自己扭曲成一个可笑的马蹄形状而斥责了他，不过，别忘了我正站在萨莉·梅冒火的目光前。她能让一条正常的狗做出疯狂的事情来，我只能这样说。

我的卑躬屈膝起作用了吗？很难说。她皱起眉头看着我说："这条狗有什么毛病吗？"

阿尔弗雷德耸了耸肩。"他只是想要表现得友好一些，我想。"

"嗯，他看起来很可笑。汉克，别这样做！"

呃？好吧，当然，当然。我从马蹄形状恢复过来，向她露出我最真诚的微笑，我甚至启动了深情厚爱式的摇尾巴模式，她却没有注意到，她正低头看着小阿尔弗雷德。

"你还是找不到你的卡车吗？宝贝，如果你晚上把它拿进来，这种事情就不会发生了。如果我们不乱放东西，就总能找到它们。"

"我知道，妈妈，不过它怎么可能凭空消失呢？"

她的眼睛环视着……哎呀……落到了我的身上，我开始融化了。她知道什么事了吗？她一直在监视我吗？卓沃尔出卖我了吗？别忘了，他说他觉得自己像一只老鼠①。

突然之间，一股神秘的地心引力攫住了我的身体，再次把它扭曲成了一个马蹄形状，我觉得一个傻乎乎的笑容从我的嘴角泛起。我知道，我知道。我已经这样做过了，这只会让她更加生气，不过，有很多时候，一条狗无法控制他自己的脸……控制他自己的命运，让我们这样说。此刻似乎就是那些时候之一，这看起来让她更加愤怒了。

她的眼睛睁大了，她的鼻孔呼呼地冒着气，就像一条响尾蛇的脑袋，她尖叫着："你能别这样做吗！你有什么毛病？"

我无法解释，这太深奥、太复杂了。别忘了，当我们狗试图与我们的人类朋友交流时，我们用面部表情与尾巴摇动所表达的意思是有限的。要想表达出"是你！如果你不再像一只抓鸡的老鹰一样盯着我，我也不会表现得像一只小鸡一样！"的意思并不容易。

我无法通过摇尾巴的方式表达出这些意思，当一条可怜的狗与他房子的女主人试图进行交流的努力失败了以后，他会怎么做？我已经黔牛技穷……黔驴技穷，应该这样说。所以，我只好孤注一掷，使出最后一个能平息她怒

---

① rat既可作"老鼠"讲，也可作"出卖"讲，此处作者用了双关。

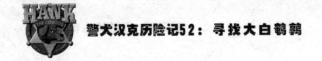

气的办法，我……嗯，舔了她的脚踝。

"啊啊啊！"她尖叫起来，向后跳开，此刻，她眼睛里的怒火比刚才更旺了。"别舔我！我讨厌这样！"

呃？好吧，又是一个坏主意。在有些日子里，一条狗根本就不应该从床上爬起来。如果我们的喜怒哀乐都取决于这些人类，我们的生活也真够悲催的了。

好消息是，她转身看着小阿尔弗雷德，让我逃离了她锐利的目光。"宝贝，东西不会无缘无故地消失。你的卡车一定是在院子里的某个地方，你必须去寻找它，直到找到为止。我不能帮助你了，因为我要去喂小宝宝了。"

她转过身，朝房子的方向走过去，哇噢！不过随即……啊噢……她停下了脚步，慢慢地转过身，用她致命的镭射光束一般的眼睛死死地盯着我。

我倒吸了一口凉气。又怎么了？

她用一种低沉的充满了威胁的声音说："我认为你跟这件事没有干系，是吗？"

呃？她在跟我说话吗？我向四周环视了一眼，想看看她是否在跟我身后的什么人说话。不幸的是，我身后没有人，我似乎是她尖锐问题的提问目标，我必须对此作出一些什么反应。

在此刻这种几乎难以承受的压力之下，我决定尝试一下"快乐狗"方案。它以前曾经起过作用，因此，它或许会带我脱离这个险境。

我把嘴角向上弯曲，露出一个灿烂的笑容，我竭尽全力把耳朵高高地竖起，我一前一后地抽打着我的尾巴，我开始上蹿下跳。我把这些招式都使了出来，这些招式向她传递了一个希望与快乐的信息：

"天啊，多么美好的一天！明媚的阳光，清澈的天空，一丝风都没有。鸟儿们在歌唱，花儿们在开放，更重要的是，我们相互拥有彼此。老天，如果我们在烦恼的时刻相互拥有彼此，我们还缺少什么呢？什么都不缺，我们什么都有了。萨莉·梅，我确信你会同意我这个说法的，我们都很幸福，我们幸福得不能再幸福了，是不是？"

我注视着她的脸，想看看她是否被说服了。她转动了一下眼睛，低声嘟囔了几句什么，然后走进房子里去了。当房门在她身后关上以后，我才敢恢复我正常的呼吸。哇噢！天啊，那本是一场暴风雪，你们知道，而我一直没能弄明白，"快乐狗"方案是否温暖了她的心。

很可能没有，它有可能融化了外面的一层冰雪，不过在深处的永久冻土地带，依然像从前一样冰冷。哦，算了。

我转身面向小阿尔弗雷德，悲哀地看到他正用怀疑的眼光看着我。"汉基，你没拿我的嘎车，是不是？"

呃？我？拿他的"嘎"车？见鬼，没有，决不撒谎。我可以摸着我十分清白的良心说，在我整个一生中，我甚至从来都没有见过一辆"嘎"车，我倒是见过一些卡车，还有一些玩具卡车，不过他问的不是这些。是的，关于他失踪的"嘎"车，我几乎一无所知，我没有开玩笑。

他微笑着，给了我……啊……一个紧紧的拥抱，这个可爱的拥抱切断了我肺部地区的氧气供应，让我咳嗽起来，咳咳。然后他说："你不会偷我的嘎车，汉基，我知道你不会。"

喂，你们看到了吗？当我们想要得知任何真相时，我们应该问一下天真的孩子。他们不会撒谎，也不会散布恶毒的流言蜚语。真相从萨莉·梅的可爱的孩子嘴里说出来了，对我所有的指控都是不成立的。

遗憾的是他妈妈不在场，没有听到这些裁决。

相当感人的场面，呃？的确如此，一个男孩儿和他的狗，这是整个世界中最特殊的关系之一，两个不同种类生物的灵魂紧紧地联结在一起，任凭世界上其他人去争斗、去拌嘴，不过我和阿尔弗雷德……嗯，我们之间有一条信任与友谊的纽带，能让我们永远成为好朋友。

我是不是应该舔舔他的耳朵，以此证明我们之间的友情？我考虑了片刻。上一次我舔他时，他把我推到了一边；而当我舔他妈妈的脚踝时，她惊骇地向后退缩，似乎她被一条蛇咬到了。

有时候，我的这些行为会起作用，有时候则不会，我决定把它保留到下一次。

阿尔弗雷德松手放开了我，他的脸上仿佛戴上了一个满是皱纹的面具。"汉基，我想玩嘎车，你能帮我找到我的嘎车吗？"

我？哦，当然，当然，我可以做任何事，我很乐意帮忙。

他走进敞开的院门。"嗯，让我们检查一下院子。"

呃？院子？喂，等一下，这里有一个众所周知的事实，他的妈妈严令禁止狗进庭院，我刚刚在那个女人的手底下九死一生地逃了出来，我不想再得寸进尺了。不，谢谢。

他停下脚步，回头看着我。"没有关系，妈妈正在喂莫莉，她不会注意到的。"他露出了一个微笑。"莫莉喜欢把食物吐出来，妈妈会忙着收拾那个烂摊子。"

是吗？哦，坦率地说，把我的生命赌在那个小女婴是否会吐食物上面，让我感到有些不安。

"来吧，汉基，我需要你的帮助。"

我把目光转向房子那边，观察着那张脸是否潜伏在厨房的玻璃后面，正在向外注视着违法乱纪者的出现。玻璃那边什么都没有，所以……好吧，也许我们有时间对院子进行一个快速的搜查，尽管我非常怀疑我们能够找到那个，呃，"嘎"车。

我从大门口溜了进去，进入到禁区里面，我立刻感觉到一股紧张的氛围。我的嘴巴开始变干，我注意到我的左眼在不停地抽搐。

你们看看她都对我做了什么。我在庭院里帮她的儿子找他的玩具，然而，她的阴影却盘旋在庭院的上空，就像……什么东西，像从一千辆燃烧的轮胎上面冒出的黑烟。

我们迅速地绕着庭院走了一圈，前前后后，没有看到失踪"嘎"车的痕迹。这很令人气馁，尽管这根本没有什么好吃惊的……我是说，我们两个都相当失望。就在这时，阿尔弗雷德改变了进攻计划，我们现在要对所有的植物、花草、灌木与矮树丛进行一番彻底的搜查了。

是，队长！我立刻启动了嗅觉雷达，把我的传感器贴近地面，开始扫视房子附近的花圃里生长的茂密植物。我检查过了门廊北侧的一丛花草，又沿着房子的地基继续向北搜索，方位0400。嗅觉雷达开启到极限，上面却什么都没有，于是我悄悄地向前走，直到……

啪！

哎呀呀呀！

我的天啊，我一心扑在搜查上面，根本没有想到一条巨大的、致命的响尾蛇会盘绕在灌木丛下面，等着突袭一只路过的耗子或兔子，也许甚至是一只迷路的山羊、绵羊或者牛——我的意思是，我们在这里所说的蛇大得足以吞下半成年的牛！

巨蛇，我讨厌带给你们坏消息，不过那条蛇用两只尖牙导弹直接发动了攻击，正好打在我鼻子柔软的部位上。

我想你们都知道这意味着什么，这意味着我们的故事或许要比我们预计的要短。我们曾经讨论过响尾蛇，是不是？我们知道他们致命的毒液一旦被注射到一条狗的活生生的组织里，就会发生什么事；我们还知道，一条狗身上最怕被咬到的地方，就是他的鼻子末端。

阿尔弗雷德听到了我疼痛的叫声，匆忙跑了过来，这时，致命的毒药已经开始在我的体内蔓延，我感觉到很虚弱。我摇摇晃晃地走向那个男孩，注视着他的眼睛，把可怕的消息告诉他：

"孩子，我们遭到了直接的攻击，事情看起来很糟糕。根据一些估算，我们也许只剩下一小时的时间送我去梅奥诊所了。尽管我讨厌这么说，不过我们必须发出警报，警告你的妈妈，让她打一个紧急电话，叫一架救伤直升机。他们从阿马里洛飞来，这样我们就不会浪费时间。"

那个男孩儿眯起了眼睛，打量着我的鼻子末端。

"呃……阿尔弗雷德，我不想催促你，不过……是的，我要催你一下！不要只是站在那里看着我的鼻子！时间在流逝，我能感觉到毒药正在我的体内扩散。五十五分钟，我们只剩下这点儿时间了。快点儿，叫你妈妈过来！"

他为什么笑了起来？一只家养的狗遭到一条八英尺长的有着菱形斑纹的响尾蛇的袭击，有什么好笑的？嗨，我曾经仔细地打量了一下那个东西，他至少有十英尺长，是我所见过的最大的蛇。

什么？他现在大笑起来了！"汉基，你的鼻子被皮特挠了吗？"

我用难以置信的眼光看着他。皮特？我是一个傻瓜吗？我是一个瞎子吗？我看不出来一只无足重轻的牧场小猫与一条巨大的响尾蛇之间的差别吗？皮特与此事无关，袭击我的是一条……我向那个灌木丛转过身，把我疼痛的鼻子向着……

呃？

好吧，让我们放松一下，把事情，呃，从头梳理一下。精神紧张对一条狗的大脑产生了奇特的影响，事实上，对每个人的大脑都一样，如果你们回忆一下，我们正精神高度紧张地工作。有时候，一条狗过于专注于手头的工作……有时候，精神紧张变得如此严重……

哎，你们可能早就已经明白了。好吧，也许那是一只猫，不过，让我赶紧指出来，蛇经常爬进庭院里，伏在灌木丛和矮树丛的阴影下面，如果一条狗把他的鼻子伸进其中任何一个……

我转身离开阿尔弗雷德，咆哮着向那只猫跑过去。"白痴！你刚刚挠了我的鼻子！"

我瞪着整个牧场上、整个世界上我最不喜欢的那张脸——谷仓猫皮特的脸。当然，他正在得意地笑着。他总是得意地笑，这让我发狂。

他眨了一下眼睛。"哦，汉基，不要把你的鼻子伸到不属于它的地方来。"

我把鼻子戳到他的脸上。"我愿意把我的鼻子……"啪！疼痛的泪水涌

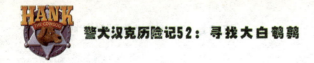

进我的眼睛里，让皮特的脸变得模糊起来。"你又挠了我一次！"

"我知道，汉基，想要试试第三次吗？"

我会上他的当吗？是的，天啊，你们知道为什么吗？因为我有权利把我的鼻子伸到任何……

啪！

……我想伸的地方。阐明了我的观点之后，我把鼻子从战场上撤了回来，可以这么说，然后走回到小阿尔弗雷德的身边。我启动了尾巴短促快速摇摆模式，用最认真的目光望着他说："阿尔弗雷德，你妈妈的猫失去控制了，我只是想要对他友好一些，但这个卑鄙的家伙挠了我——三次！他无缘无故袭击我，我希望你能……"

我又咆哮着跑向那只猫。"皮特，我正在对这个院子进行一次重要的搜查，想要帮助这个男孩儿找到他丢失的卡车。你关心孩子们吗？你关心除了你自己以外的任何人吗？皮特，你让我感到恶心！"

他在地面上有节奏地敲打着爪子，用那双诡异的黄眼睛看着我。"汉基，如果你再逼我，我就会尖叫起来，猜一猜谁会提着扫帚从房子里赶过来？"

我用匕首一样锐利的眼神瞪着这个小瘟神，在他满嘴的谎言中，没有一句是真话，我，呃，决定放缓我的语气，成熟地处理这件事。

"皮特，没有必要这么做，当牧场上的居民们不能和平相处时，这是很悲哀的一天。"

他叹了一口气，把目光转向天空。"汉基，解决这个问题有一个很简单的办法。离开我的院子，我们就会和平相处。"

"你的院子？现在这是你的院子了？哈哈！"

他咧嘴笑着，点了点头。"哦，或者，如果你愿意，我去把萨莉·梅叫来，我们让她来处理这件事。"

笑声在我的喉咙里消失了。"好吧，小猫咪，这一次你拿到了好牌，不过，不要以为……"

"再见，汉基。"

"不要以为你笑到了最后，我会回来的，当我回来时，萨莉·梅不会在你旁边救你的小命。"猛烈地反击过后，我转过身，大踏步地走开了，留下那只猫在他自己的废墟里蹒跚而行。

第五章

牛奶瓶
事件

我把脑袋昂到一个骄傲的角度，风驰电掣般地从那只猫身边跑开，径直向着庭院门口跑去。在那里，我用眼角的余光瞥到了什么东西。我停下脚步，仔细地打量了一下：萨莉·梅那把带红色塑料把手的园艺铲子正靠在篱笆边上。

塑料！我的嘴巴里开始流出口水，我不得不伸出舌头，把嘴边的口水清理一下。我以前从来没有咀嚼过园艺铲子，冲动之下，我用巨大的嘴巴叼起了那个塑料把手。当我正打算迅速地从案发现场逃走时，突然传来的一个声音，让我的血液结了冰。

"汉克！放下我的铲子！"

呃？这个声音是"致命的她"发出来的吗？我把眼睛向左右瞄了瞄，竖起两只耳朵，进入到全面搜集状态。

那个声音再次传来。"滚出我的院子！立刻！"

喂，你们看！我告诉你们什么来着？那个女人从来不睡觉，从来不闭上眼睛，从来不关闭她的雷达。

"阿尔弗雷德，把我的铲子从那个傻瓜的嘴里抢下来，别让他把它咬坏了！"

傻瓜？这真是一种侮辱！再一次，她只目击到了小冰块的一角，却匆匆

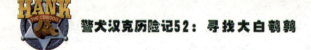

地得出了一个结论，指控我犯下了我还没有犯下、甚至从来没有想过会犯的罪行。

好吧，也许我曾经想过，不过脑子里想想并不是真正的犯罪，天啊，这里仍然还是美国!

小阿尔弗雷德从房子的一侧向我跑过来，我启动了头脑里安慰的开关，缓慢地摇摆着尾巴，露出了受伤的眼神，沮丧地垂下了耳朵。

"汉基，这是妈妈的铲子，你不能拿走它。"他抓住了铲子，想从我的嘴里夺回去。

你们知道，如果他轻言细语地请求我，或者流露出对用谈判解决问题的兴趣，我或许会表示赞成，不过，当他抓住它时……嗯，我一时冲动起来，咬得更紧了。他用力向后拉，我也用力向后拉，突然之间，事情变得失去了控制，他越是用力，我越是决心坚持下去。

"汉基，把它给我!"

当两个老朋友陷入到这种丑恶的争执当中时，这是很悲哀的事情，不过我不打算放弃这把铲子，于是我，嗯，把它从他的手里夺了下来，准备向器械棚冲过去。

在我身后，我听到了他的号啕声。"妈妈，他抢走了你的铲子!"

"汉克!"

好吧，忘掉那把愚蠢的铲子吧。我扔下它，跑向器械棚，不值得因为这件事与萨莉·梅和她的扫帚进行面对面的交锋，我和她之间已经累积了足够多的矛盾，没有必要因为一把愚蠢的园艺小工具而再起争端。

我原打算跑到器械棚里躲躲风头，不过又决定还是不要这样做。卓沃尔会在那里，我没有兴趣再同他待在一起浪费时间，于是我向着防护林带跑去，它就在器械棚的北面。在那里，我藏在一排雪松后面，与我的思想单独待在一起，我能够……

唔，似乎有一只塑料牛奶瓶从垃圾桶里掉了出来，正掉在一棵雪松的树干前。这只是一个偶然事件吗？还是它预示了世间某种深刻的规律？我的意思是，塑料牛奶瓶是由塑料制成的，是不是？塑料已经变成了我生活中不可或缺的东西，突然之间，这看起来似乎已经十分清楚了……

我回头向肩膀后面瞥了一眼，只是为了确信自己是独自一人，然后开始……嗯，咀嚼起那个牛奶瓶来了。为什么不呢？它不属于任何人，天啊，我还想咀嚼更多的塑料。

"哦，嗨，你在干什么？"

呃？我僵住了，从嘴里吐出了几块塑料碎片，慢慢地转过脑袋，看到了……卓沃尔。"我什么也没干，即使是我干了什么，也不关你的事。"

"真见鬼，有那么一瞬间，我还以为你正在咀嚼塑料……或什么别的东西。"

"卓沃尔，你只得到一点点儿证据，就又开始上纲上线了。"

"是的，不过我看到了几块塑料碎片，这让我以为你或许……嗯，咬碎了那个牛奶瓶。"

"只有区区几片塑料，你就打算贸然断定我咀嚼了塑料牛奶瓶？你是不是想这么说？"

"嗯……我怀疑。"

我向左右看了看，我的大脑在运转。"好吧，你这个爱管闲事的小东西，也许我是在咀嚼塑料牛奶瓶。我的骨头啃完了，又不喜欢啃木头，那么一条狗在他的闲暇时间还应该啃什么呢？"

"嗯，你告诉过我……"

"卓沃尔，我告诉过你咬坏孩子们的玩具是错误的，对牛奶瓶我可什么都没有说，这是完全不同的情况。"

"是的，不过有人也咬坏了小阿尔弗雷德的卡车。我看到了碎片，就在器械棚的后面，而这件事不是我做的。"

听到这些话，我感觉一股电流自上而下从我的脊背上通过。"什么？你说的是真的吗？为什么没有人告知我呢？来吧，伙计，我们需要把这件事情查清楚！"我们跑向器械棚的北面，果然，那里躺着阿尔弗雷德的卡车残骸，两百块红色的塑料碎片。

我仔细地研究着证据。"我在这里发现了一些规律。注意到那些牙印的尺寸了吗？"

"是的，它们相当大。"

"它们非常小，卓沃尔，做这种事的家伙有一个小尖牙，唔，什么样的动物有小尖牙呢？等一下！猫有小尖牙。我们有进展了，伙计，你能想到几只有可能做这种事情的猫吗？"

他用空洞的眼神看着我。"嗯……我认识一只猫，不过，我觉得这些不是猫的牙印。"

我惊讶地看着他。"什么？"

"它们太大了，它们看起来就像……狗的牙印。"

我走到一块碎片前，仔细地检查着。"唔，你说得对，这些被刺穿的小洞的确与狗牙的弹道相匹配。"我向旁边走开几步，眺望着远处，"卓沃尔，这个案子突然向糟糕的方向发展了，怀疑的阴影落在了我们认识的某个家伙身上。"

"是的，我也是这样想。"

我转了一个身，面对着他。"我做梦也没有想到，你居然会做出这种事情！"

他的眼睛一下子瞪圆了。"我！我还以为是你呢！"

我开始绕着他踱起步来，这是我经常使用的一个手段，当我审问一个不合作的目击证人的时候。"想一想那些证据，卓沃尔，那些塑料碎片上显示出了狗牙的印迹。你是一条狗吗？"

"嗯……是的。"

"告诉本庭，你的嘴里有牙吗？"

"嗯……我想有吧。"

"因此，我们确定，你拥有在这个犯罪过程当中使用的凶器：狗牙！对不对？"

"是的，不过……"

"告诉本庭，是谁首先偷了那辆卡车？又是谁遭受了失控的咀嚼症的折磨？"

我审问的威力使他浑身发软，瘫作一团，发出了一声呻吟："不是我干的！真不是我！"

我走到他的身边，用义愤填膺的目光看着他。"卓沃尔，骗子的特征就是，他总是否认自己的罪行。如果你告诉本庭你有罪，我们或许就会知道你是清白的。"

"那么，好吧！是我干的！"

一个狡猾的微笑掠过我的嘴角。"没有问题了，法官大人。证人已经承认了他的罪行。"

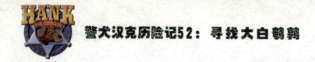

他的脑袋一下子抬了起来，他用睁得大大的眼睛盯着我。"是的，不过不是我干的！"

"嗯，太糟糕了，因为你已经认罪了，本庭现在休庭。"

我从他身边走开，为自己打赢了这场官司而感到骄傲，不过，就在这时，我听到他说："汉克，是你干的，这就是小阿尔弗雷德找不到他卡车的原因。你把它啃成了碎片，是不是？说实话。"

"说实话。"卓沃尔的话像秃鹰一样盘旋在半空中。在令人心悸的一段时间里，我们的目光死死地纠缠在一起。千头万绪在我的脑海里纠结着，直到突然之间，我明白了自己应该干些什么：揍他一顿。我的嘴里发出了咆哮声，我的眼睛眯成了一条缝，我像一台推土机一样向他走过去，然后……

我停下了脚步，我的脑袋垂了下来。"好吧，你这个大嘴巴，现在你知道我最阴暗的秘密了。"

"所以说……真的是你干的？"

"当然是我干的！此外，我享受着当时的每一分每一秒，我真的爱上咀嚼塑料了。"

"啊噢。"

"是的，啊噢，我似乎对塑料产生了一种不可救药的渴望，这是你传染给我的！"我又开始踱起步来。"卓沃尔，在我一生中，我见过无数个由塑料制成的物品，从未对它们产生过兴趣，一个都不曾。不过，当你叼着塑料卡车出现并开始咀嚼它之后，于是……看看你都对我干了什么！"

他的下嘴唇颤抖起来。"所以说，这是我的错？"

"当然是你的错！咀嚼塑料是我所听到过的最愚蠢的事情。我自己从来没有想到要这样做。"

"是的，不过你做了。"

"我做了，卓沃尔，因为是你先做的。"

"是的，不过我放弃了，也许你也应该放弃。"

我停下了卡车……停下了脚步，让我们这样说，转身面对着他。"放弃？你是这样说的吗？"我走到他的面前。"这太疯狂了！你没有听明白吗？我爱上咀嚼塑料了，而爱是让这个世界转动的力量，你想让这个世界停止转动吗？"

"这个……"

"卓沃尔，如果这个世界突然之间停止了绕它自身的中心轴转动，鸟儿们就会从树上被甩出去，云朵们会彼此碰撞，器械棚会坍塌成残砖断瓦，我们的狗食碗会一路飞向中国，而我们都会饿死。这是你想要的吗？"

他摇了摇头，发出了一声呻吟："我被搞糊涂了，我都不知道应该怎么想才好了！"

"嗯，放弃塑料不是我想要的答案。"

"是的，那什么是你想要的？"

我们陷入了长长的沉默中，我们彼此都在思索着要如何处理这个危机。最后，我说："我有一个建议，如果你不告诉别人我咬碎了那辆卡车，我就不会告诉任何人你偷了它。"

"我想这行得通。"

"很好，现在，关于这个牛奶瓶……让我们一起咀嚼它吧。如果我们要受到咀嚼症的折磨，那么我们至少可以作为一个团队来做这件事，并由衷庆贺精神错乱的快乐。"

"是的，不过我已经放弃了。"

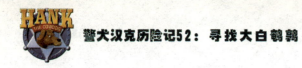

"哦，不要放弃，好习惯是很难打破的，不过可以这样做。"

他眨了一下眼睛，微微一笑。"你真的这样认为吗？"

我走到他身边，把一只爪子搭在他的肩膀上。"我确信，伙计。这不是一件容易的事，不过你在这条路上所走的每一步，都有我陪伴在身边。如果你需要一个肩膀倚靠，我会在这里。"

他的笑容变得更加灿烂了，他摇了摇他的秃尾巴。"你知道吗，我认为我能做得到！"

"就要这股精神！卓沃尔，我为你感到骄傲。来吧，让我们再啃些塑料吧！"

说着，我们把自己投入到当一条狗的乐趣当中，将一个塑料牛奶瓶啃成了上千个碎片。

第六章

比欧拉小姐
前来拜访我

天啊，你们真应该看看我们！我们扑到了那个牛奶瓶上，狂啃乱嚼了一顿。我们撕扯着、咀嚼着、吐着，然后从头再来一次，直到把那个牛奶瓶变成了碎片。然后，我们——治安部门的两个骄傲的精英警卫——并肩站在一起，欣赏着我们的成果。

"哦，你认为怎么样，卓沃尔？这好玩吗？"

"是的，我真不敢相信自己曾经放弃过塑料。"

"是的，嗯，这只是一个开始，小伙子，世界上还有许许多多塑料。事实上，我告诉你一个秘密，就在刚才，我还在庭院里看到了一把很不错的园艺铲子。"

他的眼神变得空洞。"是的，不过我不嚼铲子。"

"不，不，不是说铲子部分。它有一个塑料把手，明白吧，红色的塑料把手，柔软而耐嚼，就像……"我注意到他的目光飘向了远处。"你在听吗？"

"哦，我的天啊！那是比欧拉小姐！"

呃？

比欧拉小姐在我的牧场上？这是不可能的，她不是那种喜欢离开自己地盘的狗，而且，她从来没有单独拜访过我们，从来没有。

"卓沃尔，你需要检查一下你的眼睛。我不知道你在那里看到了什么，不过……"

"那是一只女士犬。"

"那或许是一只女士犬，孩子，不过我能向你保证……"我把目光转向东北方……唔，看到了在三百码以外，有一条身份不明的狗正在向我们这里走过来。种种证据显示出，她或许是一条女士犬。"好吧，也许那是一条女士犬，不过……"

"哦，我的天啊，我想我恋爱了！"嗖！像闪电一样，他离开了，向那条陌生的狗跑过去了。

"卓沃尔，回到这里来！那不是比欧拉小姐，你也没有恋爱。卓沃尔，我命令你停下来！"

我没能把他召唤回来，那个小矮子似乎失去了他的小脑袋里面仅存的理智，向那条陌生的狗飞快地跑过去了。不论来的那条狗是谁，她对我们牧场的第一个深刻的印象，就是遇到卓沃尔，这有可能是一个可怕的打击。

我眯起了眼睛，想看得更仔细一些。卓沃尔已经跑到了那条陌生的狗身边，此刻，他……噢，像蚱蜢一样蹦来跳去，在草地上打着滚，似乎……我以前曾经见过他的这种行为，很显然，我需要亲自去查看一下这件事。

我跑向那片草场，想要把那个陌生的女士犬从遇到卓沃尔的震惊中解救出来。可是，突然之间，我注意到我自己……噢，在半空中蹦来跳去，在草地上打着滚。你们明白我为什么这样做了吗？

好吧，那真的是比欧拉小姐，这解释了所有在保安部门欢迎仪式上

51

的……呃……古怪的行为。我们在这里说的是比欧拉小姐，是不是？长长的牧羊犬鼻子、亚麻色的头发、漂亮的棕色眼睛、一对完美的耳朵。

她是我一生当中的唯一真爱。许多个夜晚，她出现在我的梦境里，不过，她却从来没有大胆到亲自来拜访我……至少，不曾独自一个人！

看，在她的生命里总是有一条捕鸟犬，一条尾巴像棍子一样的、愚蠢低能的名叫柏拉图的捕鸟犬。我一直不理解她欣赏那个只会追鸟和取网球鞋的家伙身上的哪一点，不过现在，显然，她终于醒悟过来了。

她来找我了！

我向她跑过去，原本想扑进她的怀抱中，只是卓沃尔率先跑到了那里，正在像一个大傻瓜一样出着洋相。"噢，比欧拉小姐……玫瑰红艳艳，玉米粉有颗粒 / 你美丽的面孔让我意乱情迷！"

"卓沃尔，请控制一下你自己！"

他没有停下来，而是深吸了一口气，又朗诵了一首愚蠢的诗。"我通过阅读了解了玫瑰，它们让我心情忧郁 / 因为紫罗兰玫瑰让我想起了你。"

"卓沃尔，你太可恶了！为了押韵你什么都不顾了，根本没有紫罗兰玫瑰这种东西，此外……"我把他推到一边去，然后深深地注视着那张让我诗情洋溢的脸，一篇令人震惊的文学作品从我的嘴唇里流淌了出来：

我知道，当我看见你，

这预示着你就会与柏拉图结束友谊。

我可以坦率地告诉你，我曾经想过许多次，

你本可以拥有一美元，但你却安于一角硬币。

不过柏拉图离开了，时间恰到好处，

那个捕鸟犬小丑终于被你抛弃！

我深情地注视着她那可爱的脸庞，想看看我的诗是否已经让她倾倒，不过，卓沃尔又笨拙地回到了这个舞台，滔滔不绝地念出了另一首胡拼乱凑的诗：

噢，比欧拉，我的心跳频率加快，

我的血压上升，我的脸色变得苍白。

我的视野模模糊糊，我几乎看不清楚，

我的肾脏像水泵一样剧烈地抽动，我可能……

现在，看看这个，这个小笨蛋的眼睛一下子睁得圆圆的，成了对眼儿。他倒吸了一口凉气，说："啊噢！"然后，他像闪电一样离开了，飞跑着躲进附近的一丛野生李树灌木丛后面。

哼，他早就应该知道千万不要与我进行一场诗歌对决。语言是有力量、有意义的，你们知道，而那些没受过如何掌握充满力量的爱情诗训练的笨蛋们，只会让他们自己陷入到麻烦当中。

我本应该警告他一下，但他不会听的。当比欧拉出现在他的视野里时，他就变得不正常了，完全脱离了现实世界，认为……我不确定，认为自己是某位世界闻名的诗人，不过他连八竿子都打不着边儿。

嗯，卓沃尔已经被淘汰出局，我把目光转过来，把欣赏的目光落在……呃？她已经背过了身，看起来似乎在……嗯，哭泣。我立刻冲到她的面前。

"比欧拉小姐，作为治安部门的长官，我想为卓沃尔丢脸的行为郑重地向你道歉。很长时间以来，我们一直知道他喜欢写蹩脚的诗歌，但我们从来没想过他会用他拙劣的打油诗来冒犯你这样一位优雅的女士。我代表整个治安部门，希望你知道我们也深感震惊，并且尴尬不已。"

她摇了摇头。"不是卓沃尔的事。"

"呃？当然是卓沃尔。你听到的另一首诗是极有品位的，你或许已经注意到了……嗯，那首诗是我写的，顺便说一下，只是为你而写，我希望你能多花些心思注意那些韵脚，完美的韵脚，比欧拉，每一行都是在我心灵的加工厂里手工制作的。"

再一次，她摇了摇头。"你的诗很可爱，谢谢。"

"嗯，那么出了什么问题呢？"

"我让自己变成了一个傻瓜，来到这里……哦，你不会明白的！"

她急匆匆地跑开了。这到底发生了什么事？我追上她，挡在她前行的路上，迫使她停下脚步。"比欧拉，你不能在我的牧场上露一下面，突然哭泣起来，然后就离开。柏拉图说了什么让你哭泣的事情了吗？因为如果他……"

她摇了摇头。"不，不是这样的。"她的眼睛里溢满了泪水，看着我。"汉克，我到这里来太傻了，这不是你的问题。"

"比欧拉，任何能让你哭泣的事情都是我的问题，告诉我，快点儿，在那位'押韵王子'回来并开始没有意义的胡言乱语之前。"

她叹了一口气，眺望着远处。"是柏拉图，他又走丢了，为了寻找鹌鹑。"

"没开玩笑吗？嗨，这是我最近几个月以来听到的最好的消息！祝贺你，我的小甜李子！也许这一次，他永远也回不了家了。"

她转过身，用一双愤怒的眼睛瞪着我。"看到没？我就知道这是浪费时间，我就知道你不会……"她再一次流下了眼泪。

咦？我还能说什么？我的意思是，她刚刚把一条重要的消息告诉了我，让我变成了得克萨斯州最幸福的狗，现在，她又开始痛哭起来，这说得通吗？说不通！不过比欧拉总是有一点儿难以捉摸。

我等了她一会儿，让她控制住自己的情绪。"好吧，比欧拉，继续说，我会听的。"

她深吸了一口气，向旁边走开了几步。"柏拉图是一只捕鸟犬，捕鸟犬是……他们有古怪的一面。"

"比欧拉，我很高兴听到你这么说，如果我可以扩展一下……"

"汉克！你说你会听的。"

"哦，是的，抱歉。"

"捕鸟犬都是猎手，当捕鹌鹑的季节结束以后，他们有的时候就会变得烦躁不安起来。他们所有的本能、精力与受到的训练无处发泄，可怜的他想要让自己忙碌起来，瞄着他的网球鞋，衔回……嗯，没有系牢的每一件物品，不过，这还不够。四天前，我注意到他的眼睛里流露出一种奇怪的神情。他正眺望着什么地方。"

我发出了一声叹息。"太好了！让我猜一猜，那个笨蛋从牧场上走丢了，没能找到回家的路？"

她点了点头。"是的，不过更糟糕的是，这是他两个星期之内的第三

次走丢。比利，我们的主人，已经厌倦了，不愿再开车跑遍整个乡村去寻找他。"

听到这句话，我感到一股喜悦的热流沿着我的脊柱蔓延而下。"哎呀，这太糟糕了，我的意思是，在某些方面他是一个讨人喜欢的傻瓜。"

她怒视着我。"他比你知道的要好。他善良、体贴、忠诚，是我所见过的最可爱的狗。"她的嘴唇颤抖起来。"不过，他还有另外一面，他有时候变得非常愚蠢，我担心……"她转开头，潸然泪下。

当眼泪顺着她的面颊流下来时，我数着她泪珠的嘀嗒声，二十三下。"好吧，比欧拉，你想让我干什么？"

她擦了擦眼泪，注视着我。"我想让你在郊狼逮住他之前找到他。"

"我为什么要这样做？我相信你清楚我和他是情敌。"

"是的，我知道，不过那个可怜的家伙值得再给他一次机会。"

"是吗？嗯，我也值得。"

我们互相凝视了很久，然后她说："如果你能救他，你就会得到你的机会。"

我的耳朵一下子竖了起来。"同你在一起？"她点了点头。"哇噢，我需要听到的就是这些！他走的是哪一条路？"

"北边，我想，向着大峡谷。那条路很危险。"

"危险？哈！我甚至不会写这个词儿，我怎么可能害怕它呢？我的草原之花，我要出发去执行一项任务。回头今天下午，我再和你谈一下一些重要的事情。"

"去救他，汉克，这是最重要的。"

我在她的面颊上亲了一下。"这不是最重要的，不过这是一个开始。再见，比欧拉小姐！"

　　说着，我飞快地向北跑去，开始搜寻并营救一个并不值得我这样做的家伙。

第七章

卓沃尔在执行
公务中受了伤

在这次任务中，我并没有打算带上"小莎士比亚"，不过，当他在李树灌木丛中处理完自己的私事，看到我跑开时，觉得有什么事情，于是在后面追我。

"汉克，等一下！我们要去哪里？"

"我们？我们哪里也不去，你这个爱管闲事的家伙，不过我打算去执行一项重要的任务。"

"哦，好啊，真有趣！我能去吗？"

我慢下脚步，变成步行。"绝对不行。"

"天啊，为什么？"

我停下脚步，严厉地注视着他。"卓沃尔，刚才发生的和比欧拉小姐有关的事件，使我羞于被看到与你待在一起，你让整个治安部门都丢了脸。"

"咦，我所做的……"

"此外，你企图用你那拙劣的伎俩与蹩脚的诗歌偷走我的女孩儿。"

"我认为它们相当不错。"

"它们糟糕透了，你所作的最后一首诗，关于血压与肾脏什么的那首……卓沃尔，它听起来就像一份验尸报告！"

"是的，不过她喜欢。"

"她讨厌它。还有，在你演出的中途，你干什么了？"

"这个……"

"你跑到了卫生间里！"

"那是一个李树灌木丛。"

"卓沃尔，我知道你在干什么，比欧拉也知道。"

他的脑袋垂了下来。"你真的这样认为？"

"她当然知道，每个人都知道。"

"她没有笑话我，是不是？"

"你没有听到吗？卓沃尔，她笑得连脑袋都快要掉下来了！"

"我还以为她在哭。"

"她先笑后哭的，这让你为自己感到骄傲了吗？"

他发出了一声叹息，倒在了地上。"我控制不住自己，我必须去！噢，我太难为情了！我再也无法面对她了。"

他呻吟着、哭泣着，至少三分钟，直到我说："起来，小伙子，你经受的痛苦已经差不多了。"他没有挪动。"卓沃尔，你不能永远惩罚自己，仅仅因为你……嗯，举止像一个白痴。"

"是的，我能！我要永远待在这里！"

"卓沃尔，每朵云都有一条银边①，不过我必须提醒你，你不是一朵云。"

他抬起头瞥了我一眼。"我不是？"

"你是一条狗，你始终是一条狗，你永远也成不了一朵云。你现在感觉

---

① Every cloud has a silver lining.这句话的意思是说黑暗中总有一丝光明，汉克用的是字面意思。

好些了吗？"

"没有。"

我在他的后背上拍了一下。"很好！现在，让我们离开这里吧，我们有工作要去做。"

我向北方跑去，他在后面追上了我。"我还以为你说我不能去呢。"

"我改变主意了，在你经受了这么多痛苦之后，你值得被提拔。"

他的眼睛一下子亮了起来。"你没骗我吗？天啊，谢谢！一次真正的提拔，太棒了！我要干什么？"

"我们打算穿过郊狼盘踞的大峡谷，我认为我可以派你去当一个侦察兵。"

突然之间，他的脚步踉跄起来，嘴里发出了一声叫喊："救命！快离开这里！"就在我的眼前，他鼻子朝下栽倒在地上，向前翻了四个跟头。

当他停下来以后，我跑到他的身边，被他踢起来的灰尘呛得咳嗽起来。"发生了什么事？"

"爆胎了，我的左前腿！"

"真是一场可怕的灾难，你没事吧？"

"哦，是的，我要继续执行这项任务，我没事。"他挣扎着站了起来，蹒跚着走了三步，然后又瘫倒了。"真见鬼，它又疼了！帮我站起来，我必须继续向前走！"

这绝对是一个全新的卓沃尔，是我们以前从未见过的。我为这个小笨蛋感到自豪。"好吧，伙计，继续前进！朝着大峡谷！"当我们向北行进时，我注视着他，我能看到他脸上流露出来的痛苦。"你感觉怎么样，骑兵？"

"我不打算放弃，我已经被提拔为侦察兵了。"

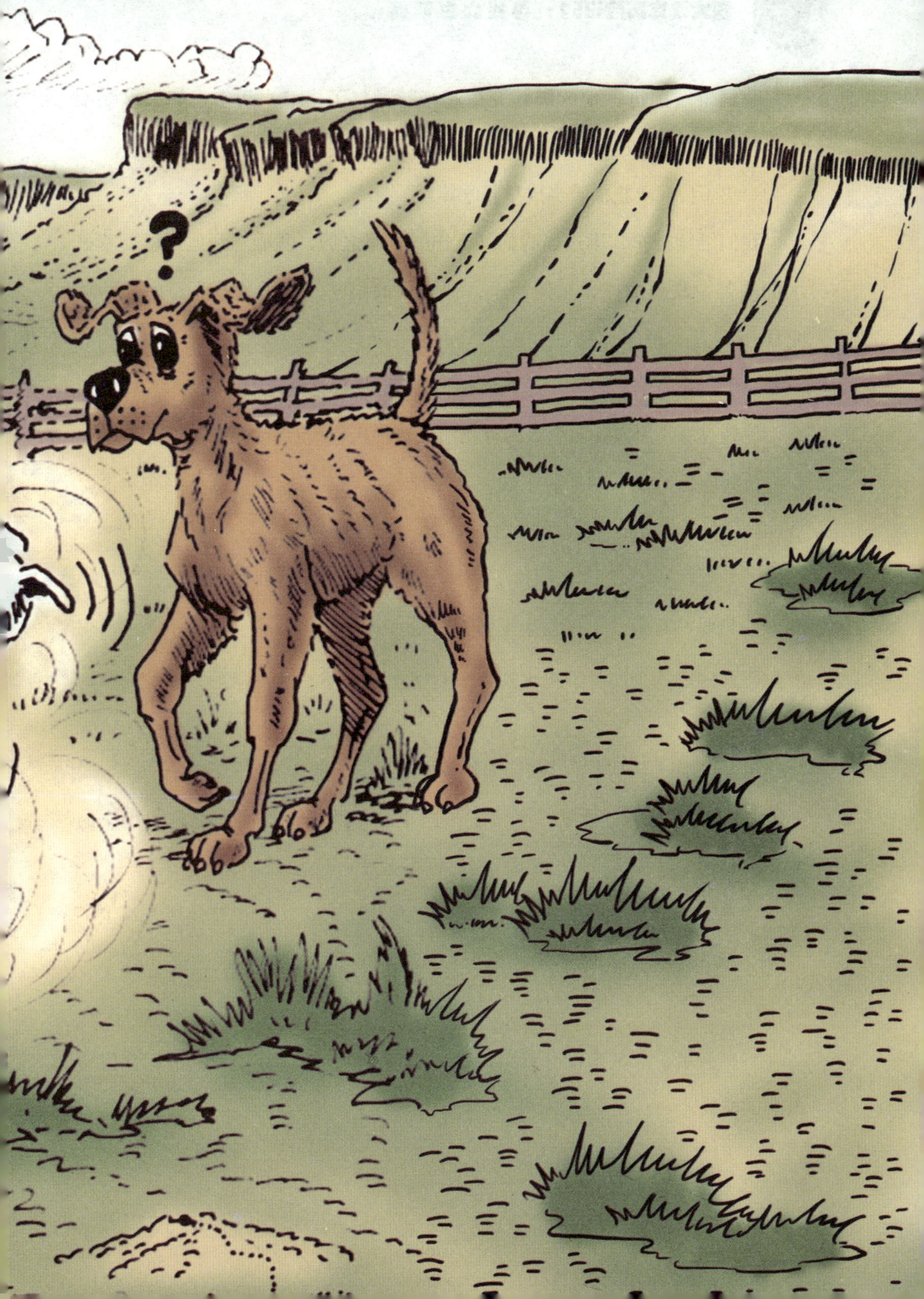

我们继续前进，他的跛腿变得越来越糟糕了。"卓沃尔，如果忍受不了，我们可以停下队伍，休息一下。"

"决不！我要把痛苦当成早餐吃掉。"

我们继续行军，不过当我们又走出一百码之后，我能看到他正忍受着极大的痛苦，跌跌撞撞，东倒西歪，他冒火的眼睛一动不动地盯着遥远的地平线。

终于，我停下了队伍。"卓沃尔，我不能让你这样走下去。"

他转过身，用疯狂而炽热的目光注视着我。"我能继续走！放开我！"

让我吃惊的是，他挣脱了我，又摇摇晃晃地走了三步，然后倒在地上。我冲到他的身边。

"好吧，够了，士兵，你的战斗已经结束了，你得回到总部去。"他挣扎着，想要站起来，不过我牢牢地按住他。"卓沃尔，痛苦使你不能正常思考。听我说，你不能继续走下去了！我命令你回家！我不会带一条受伤的狗上前线。"

他发出了一声呻吟。"噢噢噢！我不想当一个胆小鬼！"

"你不是一个胆小鬼，小伙子，这不是你的错，任何说你是胆小鬼的狗，都必须先过我这一关。你能走吗？"

"嗯，我想我可以试一下。"我帮助他站了起来，注视着他痛苦地走了几步。他无能为力的样子几乎让我心碎。"我想我做得到，即使不得不爬着走。"

"卓沃尔，我从来没有看到过你如此勇敢的一面。你是我们治安部门所有狗的楷模。"

"天啊，你不是开玩笑吧？"

"不是的，当这个战役结束之后，我会很乐意地推荐授予你双十字勋章。好了，再见，勇敢的士兵。如果命运眷顾我们，我们就会在路上看到彼此。"

在我的情绪失控之前，我从他的旁边转身离开。

第八章

浓雾中的
神秘声音

　　毫无疑问，这是我整个一生当中情绪最激动的时刻之一。

　　而接下来的这个离别会紧紧地揪住你们的心，当我们分开时，我听到卓沃尔在说："我只希望我能忍受得了这种内疚感！"相当感人，是不是？的确是这样的。我的意思是，就在最后，这个小家伙还被不得不离开前线的痛苦折磨着。

　　我呢？我觉得自己像一个贼。我的意思是，有多少次我指责他是一个蠢货、胆小鬼、磨蹭鬼、懒鬼？现在，我说过的那些话在我耳边回响起来，我感到羞愧和懊悔。眼泪刺痛着我的眼睛，我停下脚步，最后看一眼我的……

　　呃？

　　我简直无法相信自己的眼睛，除非我的眼睛在跟我耍把戏，我看到卓沃尔奇迹般地康复了。我的意思是，他不再一瘸一拐的了，他现在又蹦又跳，并且……天啊，正在追逐一只蝴蝶！

　　我浑身颤抖，叫喊着："卓沃尔，重大新闻！我改变对你的命令了，你可以回到队伍里了，我们一起去战斗！"

　　他一下子僵住了，在心跳加速的一瞬间他盯着我，然后，他逃走了，就像被一颗炮弹击中了一样。

　　"卓沃尔，这边！你跑错方向了！你可以准备战斗了！你可以回到

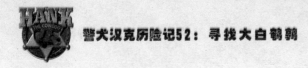

队伍……"

他变成了地平线上的一个小圆点，然后消失不见了。他把我的命令理解错了吗？或者，他……我用眼睛向左右看了看，终于恍然大悟。

这个小骗子！

别理他了，我对我们牧场历史上这段耻辱的一章不会再多说什么了。

是的，我要说一说。还记得那些关于卓沃尔的勇敢与英雄主义的评价吗？废话，全都是废话。如果你能拿出一支黑钢笔，把那些章节全都画掉，我会十分感激的。不，更好的做法是，用剪刀把它们剪碎，再把那些碎片扔掉。

你们想知道关于卓沃尔的真实故事吗？他是一个胆小鬼，他始终是一个胆小鬼，我无法相信自己曾经……

跳过这一段吧，让我们说些别的事情，我的意思是，我还有更重要的事情要考虑，是不是？我正在执行一项特殊的任务，寻找一条迷路的捕鸟犬，这个任务会把我带到乡村的腹地——被野蛮的郊狼部落控制的地方。为此，我需要发挥出自己全部的智慧与本能，我没有时间分心……

我简直无法相信自己居然被卓沃尔的诡计欺骗了！有多少次他把相同的诡计用在我的身上？几十次，上百次。

你们知道我最大的问题是什么吗？我最大的问题就是，我太善良了、太轻信别人了、太仁慈了。我有一颗金子般的心，看，像卓沃尔这样的狗就会利用我这一点。他应该与有着一颗花岗石心的家伙生活在一起，不过，别管他了。

我们说到哪儿了？我想不起来了。你们看看他都对我做了什么？那个笨蛋是一个头脑简单的家伙，一个精神错乱的家伙，他真的感动了我，当他……

塑料，这是我们刚才正在讨论的内容。我从小到大咀嚼骨头与树枝，有时候是一只旧鞋，如果我能找到。不过，不知为何，我之前从未享受过咀嚼塑料的乐趣……

忘掉塑料吧。是说柏拉图，这是我们谈论的话题，我正在执行一项任务……你们知道，这相当疯狂，我来到这个野兽村，是为了寻找一只带给我无尽痛苦的捕鸟犬。这不是我第一次被召唤到这里来救他的小命。

不过，别忘了，这一次有人许诺我会得到一个奖赏。哇噢，想一想吧，可爱的比欧拉小姐答应我抛弃这个害人精，永远地离开他。没有柏拉图在我的生活里……嘿嘿……我能看到我的未来到处是盛开的玫瑰。

每一个游戏都有赢家和输家。在争夺比欧拉之心的游戏中，柏拉图赢得了他那部分，不过现在，他即将失去大部分。嘿嘿，太糟糕了，不过，谁会为了一只心碎的捕鸟犬而彻夜失眠呢？我不会。

这些话听起来有些冷酷无情？太糟糕了，这是我最大的问题。你们知道，我的工作让我变得冷酷无情，我不会同情懒鬼、失败者、捕鸟犬或者猫。有时候，这让我烦恼，知道自己的这层钢板掩盖了自己最深的感情，不过，这是与工作相伴而来的。如果你在治安部门工作，你就必须强硬一些。

不过，当然，我必须找到那个笨蛋，这可不像在鸟巢下面散步一样轻松。别忘了我正在走向峡谷村，这里有几平方公里的深深峡谷，远离文明的社会，到处是冷酷无情的野兽。

在峡谷村里没有地图或航海图，当我们冒险走进这片充满敌意的地域时，我们把舒适的生活抛在了身后，回想起我们狗类祖先最古老深邃的本能——他们生死都依靠的鼻子、耳朵、眼睛与智慧。在这片荒蛮之地，一条

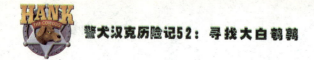

狗只能吃他捕到的东西，喝他从坚硬的土地下面挖掘出来的水，在他找得到的地方遮风蔽雨。

大多数普通的杂种狗永远也不会把脚踏进这样的地方，而我呢？事实上，我有几分享受……好吧，也许我感到有一些不安，当我一步步地深入……当寂静从四面八方笼罩着我，而峡谷的悬崖峭壁越升越高之际……

总之，正如我所说的，突然之间我想到，我忘记了几个需要我出席的重要会议。我没有开玩笑，我忘了查看，呃，我的日程表，你们不知道吗？嗯，这些会议总是没完没了，哈哈，如果我们不开会研究一下牧场的预算，我们就会把政策用在……嗯，兔子治理或邮局雇员上，或者你们觉得是什么就是什么的上面。

所以，是的，我的职务在召唤我回去，我心情沉重地看了一眼太阳的位置，想要计算一下回去的路程……唔，太阳已经消失在一大片云层后面了……你们知道，我们这里有十五个峡谷，每一个都与其他十四个十分相似……崎岖、幽深、诡异……

雾？谁招来了雾？在这样的天气、这样的时间里升起一片浓密、憋闷、四处弥漫的雾真是糟糕……谁能想到在得克萨斯州潘汉德尔地区会起雾呢？我们这里是一个半干旱地区。我们每年的降水只有二十一英寸，有时候甚至还不及这些。雾属于有绿草、海岸线、雾号、海鸥与水母的地方。

天啊，突然之间，我有一种极其奇怪的感觉……这让我倒吸了一口凉气……我在哪里！站在像芦笋汤漂起的泡泡里，任何方向都看不到东西，这太可笑了！一只牛仔犬怎么可能在他自己的牧场上迷路？

捕鸟犬迷路，因为他们了不起的鼻子是由跳蚤般的脑袋指挥的；他们迷路，因为他们了不起的鼻子会引导他们进入他们跳蚤般的脑袋不知如何脱身的地方；他们迷路，因为他们比一箱子石头还要愚蠢。不过，牛仔犬从来都不会在他自己的牧场上迷路⋯⋯

我倒吸了一口凉气。

我启动了头脑里的扩音器。"数据控制中心，这里是狐蝠36。我们的GPS系统出现了一点儿小故障，你能帮助我们解决吗？完毕。"我聆听着接受器里的静电噪声，提高了音量对扩音器说："数据控制中心，我们遇到了一个问题，我们似乎接收不到卫星信号，你能准备好电源吗？完毕。"

我紧张地收听着微弱的信号："⋯⋯一个星期掉三十磅，我保证！丑陋的脂肪会从臀部、大腿、下巴上逐渐消失。只要吃一个星期的塑料⋯⋯"

我砰的一声将扩音器扔回到它的支架上，开始走进翻滚的浓雾里，它已经成为我的牢房了。我独自一个待在这里，失去了与外部世界的所有联系。在我整个一生当中，我从来没有感觉到如此⋯⋯

"救命！"

呃？你们听到那个声音了吗？也许没有，因为你们不在这里，不过我听到了——一声悲惨的呼叫，从浓雾深处的某个地方传来。我调整了一下我的"听觉扫描仪"，追踪着那个信号。片刻的时间过去了，然后⋯⋯

"救命！"

我的天啊，那个声音又传来了！就在这时，我启动了我的传输设备，开始在我们的紧急频率上广播起来。

你们想看一看这番对话的记录吗？这是一个高度机密，不过⋯⋯哦，算了，我猜把它公之于众也没有什么害处。准备好吧。

国家安全部
接收站
亚利桑那州菜豆堡垒

只用眼睛看！不许使用耳朵、脚趾或脚踝！

汉克："喂？"

声音："喂！"

汉克："你在那里吗？"

声音："是的！你呢？"

汉克："我在这里，是的。"

声音："太好了！喂，雾可真大啊，是不是？"

汉克："收到。你是谁？"

（长时间的沉默）

声音："听着，跟某个我从未见过面的人说话，让我感到有些不安。"

汉克："是的，我也是，也许我们应该互相介绍一下。"

声音："好主意，你先说。"

汉克："为什么你不先说呢？"

声音："嗯……我甚至不知道你的名字。"

汉克："看，告诉我你的名字，然后我会告诉你我的！"

声音："你能给我一分钟的时间考虑一下吗？"

汉克："当然。"

（三分钟的沉默）

汉克："喂？你还在那里吗？"

声音："是的，还在这里。"

汉克："你在干什么？"

声音："嗯……不知道，你呢？"

汉克："我正在等你介绍你自己。"

声音："你知道吗，我不想那样做。"

汉克："好吧，告诉我一件事。你是一只郊狼吗？"

声音："哦，不，根本不是。你呢？"

汉克："我也不是郊狼。"

声音："你能证明这一点吗？"

汉克："我不是郊狼！你自己过来看。"

声音："我怎么没想到这一招呢？你在哪里？"

汉克："我不知道，你在哪里？"

声音："你知道吗，我一直想知道我在哪里。"

汉克："你在现在这个地方待多长时间了？"

声音："事实上，这个问题我也一直想知道。"

汉克："好吧，描述一下你的位置。"

声音："好吧，当然，我看到了泥土，还有……浓雾。"

汉克："很好，泥土与浓雾。"

声音："哦，我认为我在一个洞穴中。"

汉克： "洞穴？你为什么这样想？"

声音： "嗯，因为我走进了一个洞穴里，一直没有走出去。"

汉克： "你能描述一下那个洞穴吗？"

声音： "嗯，它是……它是一个洞……地面是泥土的。"

汉克： "所有的洞都是泥土地面。"

声音： "你知道吗，你说得真棒。我怎么从来没有想到过呢？"

汉克： "等一下。你不会碰巧是一条名叫柏拉图的捕鸟犬吧？"

声音： "呃……是的！不过，你怎么知道我的名字呢？"

汉克： "语无伦次。"

声音： "什么？"

汉克： "别管了。是我，警犬汉克。"

声音： "汉克！天啊，这个世界可真小！"

汉克： "它比你想象的要大一些，伙计。"

传输完毕
请立即销毁！

第九章

我找到了鸟
类爱好者

好吧，事情就是这样，现在你们知道独家新闻了。我的搜查与救援任务取得了惊人的成功。凭着难以置信的几率，我设法在浓雾之中，在一个深深的峡谷里，找到了那个鸟类爱好者。所有迹象显示他仍然还活着，并且正胡言乱语。

此时，只剩下一个问题摆在我们面前了：我们不知道彼此的位置。你们都知道，如果有明确的位置，搜查与救援任务就会更顺利一些。是的，这对我们是挑战。不过，我很快就发现我们还有第二个问题，一个我没能料到的问题。

通过浓雾，我再次听到了柏拉图的声音。"汉克，你在这里干什么？"

"嗯，你认为呢？我来救你，应一位名叫比欧拉的女士的要求。"

"我的天啊。"

"想起她来了？"

"汉克，我们需要谈一谈。"

"我们正在谈。"

"我知道，不过……"他的声音渐渐消失在寂静当中。

"喂？柏拉图？"

"汉克，我现在看不到你。"

"嗯，我也看不到你，所以，我们应该试着找到彼此。"

"不，你不明白，我的意思是……我现在不想看到你，我不想让你看到我。"

"什么！"

"汉克，请试着理解一下。我已经三天没吃东西了，我瘦得只剩下了皮和骨头，我看起来很吓人。我瘦骨嶙峋的，汉克。"

"是的，你知道为什么吗？你离开了一个舒适的工作，离开了门廊上的柔软的床，离开了堆满食物的狗食碗……去追鸟！这是难以用语言来描述的愚蠢行为，伙计。"

"我知道，这就是我们不能见面的原因。我为自己感到很羞愧！汉克，回去吧，不要把时间浪费在我身上了，我不值得你这么做。"

嗯，他说得对，他不值得我这么做。不过，我走了很长一段路来寻找这个笨蛋，我不打算把他留在这里。不过，为了在浓雾中找到他，我必须使用一些策略。我斟酌着，终于想出了一个计划。

"好吧，柏拉图，随你的便吧，我们不见面。"

"谢谢你，汉克，我只希望你能理解。"

"不过，帮我做件事。"

"什么事都行，你说吧。"

"告诉我，是什么让一只捕鸟犬离开家去外面游荡的。"

有很长一段时间，他什么都没有说，然后……"好吧，汉克，我试一下吧。这是我唯一能做的事情了。"

现在，你们明白我的计划了吧。看，那个笨蛋是一个说起话来就滔滔不绝的家伙，我认为我可以利用他的这一点，把他的声音当成一个归航熏肉……归航信标。一个归航信标，就像在漆黑的夜晚引导那些战船回到它们的码头基地的电子信号一样。

如果我能让他谈一谈他沉闷而无聊的生活，我就可以追踪他的声音，在浓雾中确定他的位置。相当聪明的计划，是不是？的确如此。

他开始谈了起来。"汉克，在我的一生中，我始终有一个癖好……我想这个词应该叫做'漫游癖'，有这个词吗？"

"这是你的生活，柏拉图，你可以选择词汇。"

"说得好，汉克，时不时地，我被一种失去理性的渴望控制，想要去漫游，去追踪……一只大白鹌鹑。"

我在迷雾中摸索着前行的路。"大白鹌鹑？"

"是的。我不确定，也许对狩猎种类来说，这是独一无二的。汉克，这是一个可爱的幻像，一个难以捉摸的梦境，往后的鹌鹑将会是绝对完美无缺的，是有史以来所有鹌鹑的原型。

我梦想着找到这只完美无缺的鹌鹑，汉克，穿过几英里的高杆草去跟踪它，然后，我看到自己来到了那里，稳健、优雅得如同一尊青铜塑像，或者是雪花石膏。是的，雪花石膏，汉克，闪着微光的洁白雪花石膏。"

就在这时，我已经找到了他躲藏着的石灰石岩洞。当我第一眼瞥见他时，我不得不咬住嘴唇，以免自己笑出声来——那个有斑纹的、尾巴像树枝一样的鸟类爱好者果然瘦成了皮包骨，正坐在岩洞的洞口，用做梦一样的眼睛盯着打转的浓雾，倾诉着他对大白鹌鹑的追求与梦想。

他没有看到我的靠近，不知道我已经追踪到了他，距离他只有十英尺之遥。我决定让他完成他真实的忏悔。

一丝阴影从他的脸上闪过，他傻里傻气的笑容消失了。"不过，汉克，

在我的内心深处，我意识到我对完美鹌鹑的追求带来了……嗯，社会恶果。拿比欧拉来说吧，汉克，她身上拥有一条狗想要追求的一切，她……"他的眼光变得柔和起来，一丝微笑掠过他的嘴唇。"甚至在我们谈话时，我也能看到她的眼睛，还有长长的牧羊犬鼻子，表示着……嗯，她血统的高贵。她的微笑向我们展示了她内在的灵魂。汉克，她是一个完美的女人，一条完美的狗！"

他眨了眨眼睛，又皱起了眉头。"汉克，有时候，当我出来漫游的时候，我会在午夜里惊醒，奇怪自己……为什么要离开这样完美的女人，去寻找什么完美的鹌鹑？你无法想象这让我感到有多么痛苦！"他的脑袋垂在胸前，叹了一口气。"而我没有找到答案，就这些，汉克。现在，你知道我的故事了，谢谢你想要帮助我，你现在可以离开了。"

"现在还不行，柏拉图，这个故事还有许多你不知道的地方。"

当我向他走过去时，他的样子仿佛见到了鬼。他的耳朵直直地竖了起来，他的下巴掉下来三英寸长。"汉克！不过我认为……你算计了我！"

"说得对，伙计，我算计了你。当雾一散开，我就会带你回家。"

他倒在了岩洞的地面上，用前爪捂住了他自己的眼睛，开始呻吟起来。"不，我不想回家！我是一个失败者，我不能面对耻辱与丢脸！"他呜咽着，啜泣着好长一段时间，然后从他的一只爪缝间向外窥视着。"你一点儿也不理解，是不是？这听起来想必十分疯狂。"

"是的，事实上，它听起来就像山核桃树一样疯狂[①]。"

"我想牛仔犬不会产生这些疯狂的冲动。"

———————————

① 这里是一个双关语，nutty既作"疯狂的"讲，同时也作"多坚果的"讲。

"当然不会。"由于某种原因，我的嘴巴里开始流口水了，我发现自己……嗯，正在环视着洞穴内部。"你这里不会碰巧有塑料吧？"

柏拉图松开了另一只眼睛，注视着我。"塑料？"

"是的，你知道，玩具、牛奶瓶、面包袋、园艺铲子……任何由塑料制成的东西。"

"我想没有，不过，你为什么要这样问呢？"

"没有理由，只是好奇。"我的嘴里继续流着口水。"你确定这里没有塑料吗？我的意思是，不是那种巨大的塑料，只是一些由……你为什么盯着我看？"

"抱歉。"我们陷入片刻的沉默。"汉克，塑料怎么了？"

"我无聊得要死，就是这样。整整三十分钟我一直在听你滔滔不绝地讲鸟的故事……"我开始在岩洞里巡视起来。"我需要嚼些什么东西！这里一定有什么东西是由塑料制成的。"

"汉克，我可以给你提供一份观察报告吗？"

"不能，闭上你的嘴，我要找些塑料！"

我像着了魔一样在岩洞里转来转去。我不知道自己是怎么了，不过，突然之间，我产生了一种疯狂的渴望……神经质，就是这个，每个人都知道，当一条狗变得坐立不安时，他需要咀嚼一些什么东西，是不是？这是一个非常正常的行为，不过你不能指望一只捕鸟犬理解一件正常的事情。

我在岩洞的地面上发现了泥土、几块岩石、一只林鼠的巢、两只兔子的头骨，还有……

呃？

在岩洞的后面，我的眼睛看到的东西让一股电流沿着我的脊椎骨传导过来，几乎在我的尾巴上面烧出一个洞。

请紧紧抓住一些牢固点儿的东西，我们就要翻到可怕的章节了。

第十章

野兽在洞
穴中！

　　我当场僵住了，慢慢地转过身，悄悄地回到柏拉图的身边，他正皱着眉头，嗅着空气。"你知道吗，汉克，这里有一种奇怪的味道。你注意到了吗？"

　　我把我的鼻子戳到他的脸上，轻声问："你在这个洞穴里面待多久了？"

　　"嗯，汉克，我讨厌猜测。你知道，时间一下子就过去了，不过我想可能是两天或者三天。"

　　我的眼珠几乎从我的脑袋上面暴出来。"白痴！你在这里待了三天，你竟然没有注意到你与两只野兽睡在同一个房间里吗？"

　　他的嘴巴张大了。"野兽？你是当真的吗？"

　　"老兄，我是当真的，你自己看看吧！"

　　他眯起眼睛，向洞穴的深处望过去，那对臭名远扬的郊狼兄弟——瑞普与斯诺特——正彼此压在对方的身上，打着呼噜。柏拉图的身子缩了起来。"嗯，我几乎不知道应该说什么好了，汉克，你必须理解，我的鼻子是为鹌鹑而生的。"

　　"是的，而你的脑袋是为了锯屑而生的。"

　　"嗯，汉克，这听起来有些刺耳，不过我能理解你的情绪。我想让你知道，这真的非常难堪。"他平息下咽喉处聚拢的一个肿块。"现在，你有什么建议？"

"嘘，不要那么大声，我建议我们马上离开这里，趁一切还不算太迟的时候。"

就在这时，斯诺特坐了起来，我们首先瞥了一眼他冰冷的黄眼睛，这使我寒彻髓骨。

你们知道吗？如果我与柏拉图继续以正常的语调谈话，我认为斯诺特不会过来醒……来醒过……醒过来……呸。我认为他会继续呼呼大睡。我们把谈话的声音压低成耳语，其实是犯了一个大错误。

明白吗？普通的郊狼可以在火车铁轨上睡觉却听不到火车的声响，但是，把声音降低成耳语，用脚尖走来走去，想要偷偷摸摸地行事，哎呀！他从昏睡的状态中醒了过来，睁开了眼睛，露出了闪亮的尖牙。

那是斯诺特，正处于可怕的巅峰状态的野兽。他用黄眼睛瞪了我们一会儿，然后站了起来——我们的运气太差了——他的脚正好踩在他兄弟的脸上。瑞普倏地一下子抬起了脑袋，揉着鼻子，情绪恶劣到了极点。

斯诺特看着我们，咆哮了一声："哼！狗在郊狼的洞穴里干什么？"

我听到柏拉图倒吸了一口凉气。"汉克，我可以坦率地说一句话吗？"

"尽管说吧。"

"说真的，我害怕郊狼。"他轻手轻脚地走过来，藏到了我的身后。"你来说话，汉克，相信我，不论你说什么，我都会给你做后盾。"

"是的，我能看到你已经给我做后盾了，就在我后面。"我尽量隐藏起声音中的颤抖，向那对兄弟露出了一个灿烂的微笑。"瑞普，斯诺特！天啊，又见到你们真是太好了！七月四日过得怎么样？盛大的庆典，我想——

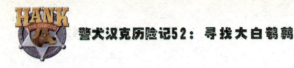

一大群亲属聚会，为孩子们放烟花，呃？"

他们看着我，连根毛也没有抖一下。我不得不继续说下去："嗨，斯诺特，你听到那个死后上了天堂的野兽的传闻了吗？哈哈，哦，你们会爱听这个的！想要听吗？"没有表情，没有声音。"好吧，也许另找个时间吧。听着，你们认为天气怎么样？好大一片雾啊，呃？好吧，你们一直在睡觉，所以，也许……"

斯诺特低沉的声音就像爆发的火山。"蠢狗在郊狼的洞穴里干什么？"

我的嘴巴开始发干，我几乎无法尖叫……不，是几乎说不出话来。事实上，我的嘴巴干得要命，我所能发出的就是尖叫声。"斯诺特，我有一种感觉，你们对此感到好奇，我可以向你保证，我能解释每件事，真的。"

沉默如同毒药。我不知道如何去解释任何事，尤其是我们为何待在他们的洞穴中。我硬着头皮说了下去："好吧，斯诺特，事情的原因是，我一路奔波从牧场总部来到这里……是为了同你做一个交易。"

"哼，什么交易？"

"斯诺特，你知道你们这些家伙真正需要什么吗？"

"我们需要好吃的食物、美味的大餐，乖乖。"

"这不是你们需要的。你们需要的，你们真正需要的，是……一只捕鸟犬。看，我愿意把我的捕鸟犬借给你们两个小时，这很棒，是不是？"

我听到了柏拉图在我身后的喘息声。"汉克，我们可以谈一谈吗？"

"嘘，我正在想办法救我们两个的命。"

我向斯诺特看去，他正摇着脑袋。"我们兄弟俩不想要捕鸟犬。捕鸟犬太瘦，骨头太多，不能作为一顿美味大餐。"

"是的，不过这只是因为你们想要吃掉他。看，大多数的人不会吃掉他们的捕鸟犬，我没有开玩笑。"

那对兄弟交换了一个困惑的眼神。"大多数的人拿捕鸟犬干什么？"

"嗯，捕鸟犬是捕鸟的行家，你们知道吗，他们擅长指出猎物的位置和衔回猎物，类似这样的事情。你们喜欢吃鹌鹑吗？"

他们的舌头一下子从嘴里伸了出来，开始舔着各自的嘴唇。"我们兄弟俩非常喜欢吃鹌鹑。"

"嗯，你们走运了，在两个小时之内，老柏拉图就会给你们找到乱哄哄的鹌鹑。"

斯诺特皱起了眉头。"郊狼的洞穴已经够乱哄哄的了，即使没有乱哄哄的鹌鹑。"

"是的，不过你们弄错了'乱哄哄'的意思。看，乱哄哄的鹌鹑，事实上指的是一群鹌鹑。"

斯诺特用空洞的目光看了我一眼。"一群鹌鹑会让羽毛飞得到处都是，把郊狼的洞穴弄得甚至更乱。瑞普与斯诺特不喜欢被乱哄哄的鹌鹑弄得乱哄哄的。"

与这些暴徒们交流总会遇到问题，我能看到谈话进行不下去了，我耸了耸肩，向他们露出一个愉快的微笑。

"嗯，那就这样吧，斯诺特。我原以为你们想要借用一下我的捕鸟犬，不过，我想事情可能不是这样的，所以……"我在柏拉图的肋骨上戳了一下，开始侧身悄悄地向洞口溜过去。"……所以，你们知道，我们就此告辞了。再次见到你们真是太好了，替我向家里人问好。"

我向洞外转过身，然后……呃？你们知道吗，郊狼们有时候看起来懒洋洋的，动作迟缓，有时候，他们的确懒洋洋的，动作迟缓，不过，时不时地，他们会被一股突如其来的企图控制住，动作变得十分迅捷。

这就是此刻在这里所发生的情形。眨眼之间，那两个大家伙飞快地穿过洞穴，站在了我们与巨大的洞口之间——他们挡住了出口。

他们露出满嘴的尖牙，向我们笑着，斯诺特说："哈哈！两条狗不要离开得这么快，除了让大鹤鹑乱哄哄以外，捕鸟犬还会干什么？"

"嗯，我……斯诺特，我们真的需要回到……"

突然之间，他怒吼了一声，在他的胸膛上敲打起来。"两条狗不要离开！"

"好吧，好吧，不过，你也不用大喊大叫的。"

斯诺特懒洋洋地向我走过来，把他满是尖牙的大嘴凑近我的脸。"斯诺特喜欢什么时候大喊大叫，就什么时候大喊大叫。"他张开了嘴，冲着我的脸咆哮了一声，把我的耳朵震得在脑袋上立了起来。"汉克狗对此要说什么呢，呃？"

"嗯，我要说……管他呢，我想我们可以多待一会儿。"

斯诺特得意地露出一个邪恶的笑容，用爪子指着柏拉图。"瑞普与斯诺特准备唱歌了，捕鸟犬会唱歌吗？"

我看着柏拉图。"好吧，伙计，我们的机会来了，你能唱歌吗？"

柏拉图的目光变得呆滞起来。当他张嘴说话时，他发出来的声音是："嗨嗨，嗨嗨，嗨嗨，嗨嗨……救命！"

我又向那对兄弟看去。"就是这样，你们听到了？"

"'嗨嗨，嗨嗨，救命'是什么意思？"

"它的意思是……斯诺特，捕鸟犬有他们自己独特的语言，你们不知道吗，这个……"

"郊狼不喜欢独特的语言！'嗨嗨，嗨嗨，救命'是什么意思？"

此时，我已经疲惫不堪了，不过我不得不硬着头皮说下去。"它的意思是，是的，柏拉图会唱歌，他热爱歌唱，有一副优美的嗓音。嗯，在我们那里，他被誉为，呃，狼溪金丝雀，我没有开玩笑。"

那对兄弟点着头咧嘴笑起来。"哼！瑞普与斯诺特准备大唱特唱了，捕鸟犬金丝雀领唱，嗨嗨！"

"领唱？没有问题。嗨，这个家伙是一个训练有素、拿过证书的合唱团指挥，他会非常乐意领我们唱一首歌曲的，是不是，柏拉图？"

你们不会相信的，当我转头去看这位"鹌鹑国王"时，他翻着白眼，昏倒了！是的，先生，他萎靡不振，昏倒在地上，就像一个湿淋淋的拖把。我目瞪口呆，说不出话来。

与此同时，那对郊狼兄弟开始变得烦躁起来。"哼，会唱歌的捕鸟犬金丝雀怎么倒在地上了？郊狼兄弟马上就要准备唱歌了，因为瑞普与斯诺特是全世界最伟大的歌唱家，哦，乖乖！"

我已经黔驴技穷了。"嗨，听着，伙计们，他……他的旧病复发了，我没骗你们，有时候，他会昏倒。"

他们的笑容变得险恶，斯诺特怒吼起来："瑞普与斯诺特想要立刻唱歌，或者，也许应该狠揍蠢狗们一顿，打碎他们的脸！"

我又转头看看柏拉图。"笨蛋！快起来，你必须领唱！"

他呻吟着，抖动着眼皮。"救命！这是一场电影吗？我在哪里？"

"这不是电影，我们会被野兽痛扁一顿的！你能唱歌吗？"

他眨了眨眼睛，向四周环视了一下。"唱歌？你是认真的吗？"

"看看那两只野兽，告诉我，我是否是认真的。"

他看着那两个兄弟，退缩起来。"哎呀！你是认真的，不过，汉克，这里有一个问题。"他倾身靠近我的耳朵，低声说："我不会唱歌！"

"哦，是吗？好吧，你马上就能学会。你不仅要唱歌，而且还要指挥合唱团。"

相当吓人的场面，呃？我的意思是，这里有一个好消息，那对兄弟想要唱歌而不是用餐。不过，我已经夸口说柏拉图是一位领唱了，而他却刚刚告诉我，他不会唱歌，更别说指挥一个野兽合唱团了。

事情看起来不仅不太妙，而且越变越糟，突然之间，柏拉图开始困难地喘息起来，脸色变得铁青。

哎呀！

第十一章

我们释放了
抗野兽毒素

我转头看着那个艰难喘息着的捕鸟犬，叫喊道："又怎么了？"

"紧张，压力，神经质！无法呼吸了！"

"哦，真的吗？嗯，看看这样做是否有些帮助。"我勒住了他的咽喉，用力地摇晃着他，他的眼珠几乎从脑袋上爆裂出来。"感觉好些了吗？"

"是的！"他尖声说，"我想我可以了。"我放开他，果然，他看起来似乎好多了。"不过，汉克，我只会唱一首歌。当我们还是小狗的时候，妈妈唱给我们的。"

"我对你妈妈不感兴趣。那是一首什么歌？"

"那首歌叫作《阳光之歌》。"

"哦，天啊！"我向瑞普与斯诺特瞥了一眼，他们正在大笑着，打着嗝儿，相互拍打着对方，做着野兽们觉得开心时所做的一切事情。"我不确定他们是否会喜欢，不过，我们必须试一下。"

"汉克，如果我搞砸了怎么办？"

我把一只爪子搭在他的肩膀上。"柏拉图，如果你搞砸了，你就不必担心寻找大白鹌鹑的事情了，因为我和你都会成为他们的腹中餐。"

"这压力很大。 你知道，汉克，我在压力之下不会做得……"

我把他推向那两只野兽。"他们现在听你的，老兄。"

柏拉图花了片刻的时间让自己平静下来，然后他向那对兄弟露出了一个受惊吓的笑容。"伙计们？眼睛请向前看，我们将要一起唱那首《阳光之歌》。"

那对兄弟停止了相互的推搡，张大嘴瞪着他，然后他们发出了一阵刺耳的无礼怪笑声。柏拉图向我无助地耸了耸肩。"现在怎么办？"

"做好准备，小伙子，他们要么加入进来一起唱，要么就会开始把我们撕成碎片。"

柏拉图眨了一下眼睛，迅速地深吸了一口气，然后开始唱歌了。

阳光之歌

当我还是一只小狗的时候，妈妈说：

"亲爱的，我想让你知道，

孩子们与小狗狗们应该举止善良，

而善良会让你闪闪发光。

"当孩子们表现出礼貌与谦恭时，

不平常的事情开始出现。

云朵们翻滚着，太阳露出笑脸，

阳光开始从天而降。"

一束阳光，一束阳光，

妈妈想让我们成为阳光！

当孩子们表现出礼貌与谦恭时，
他们的阳光就会从天而降。

一天早晨，我十点差一刻醒来，
我的情绪坏到了极点。
我皱着眉头噘着嘴看着门外，
世界上到处覆盖着冰雪！

不过妈妈走过来，对我轻言细语，
敦促我努力展开笑脸。
我照做了，天啊，冰雪开始消融，
自内而外的阳光把它融化。

一束阳光，一束阳光，
妈妈想让我们成为阳光！
坏天气无法与快乐的笑脸相匹敌，
它会被自内而外的阳光照亮。

这首歌有寓意，我确信你们都会同意，
快乐每一次都会取得胜利。
我们的态度让天气变得晴朗或阴霾，
眉头紧锁几乎就是在犯罪。

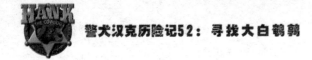

　　　我们都有权利选择

　　　成为阳光还是成为阴暗的代表。

　　　如果你不能表现出快乐与开朗，

　　　你最好回到你的房间里。

　　　一束阳光，一束阳光，

　　　妈妈想让我们成为阳光！

　　　如果你所能做的就是阴沉着脸，

　　　你最好回到你的房间里。

　　哦，柏拉图设法唱完了这首歌，没有昏倒，也没怎么跑调，我承认我感到了一些惊讶。我的意思是，当你和捕鸟犬们在一起时，你并没有抱太多的希望，是不是？

　　不过，当我扫视着那对野兽兄弟时，我更惊讶了，我原以为他们会作出一些相应的反应——拍手、欢呼、跺脚、嘲笑、大笑、奚落、吼叫，等等——不过，他们只是坐在那里，像两根木头，茫然的目光盯着地面。

　　我和柏拉图交换了困惑的眼神。他说："你知道，我不确定他们是否喜欢这首歌，他们的反应总是这样温和吗？"

　　"郊狼们从来都不温和。"

　　"然而，他们看起来非常安静，不是吗？"

　　"是的，这让我感到了担心，我最好去查看一下。"我走到斯诺特的面前，把我的爪子在他呆滞的眼睛前上上下下地晃动着，没有反应。"呃……斯诺特？嗨？有人吗？喂？"终于，他抬起头看着我。"嗨，好了，柏拉图唱完了歌，所以我想我们可以离开了。"

"蠢狗哪里也不要去，必须永远待在郊狼的洞穴里。"

"永远？天啊，那可是一段很长的时间，我们真的需要去……"我更仔细地打量着他的脸。"斯诺特，我不想吓到你，不过你的脸色不太健康，事实上，你的脸色看起来……很绿。"

他用威胁的目光瞪了我一眼。"斯诺特根本不在乎脸的颜色。"

"我知道，不过……绿？这是不自然的，它让我怀疑……"

他的嘴唇噘了起来，露出了两排锋利的牙齿。"汉克狗闭上嘴，不要说什么绿！瑞普与斯诺特不喜欢颜色，只喜欢……"

我的天啊，他打了一个嗝儿。

"上帝保佑你。"

"汉克闭嘴！"

"是的，先生，抱歉我提到了它。"我走回到洞穴的后面，重新站在柏拉图的身边，他正等待着我的报告。"嗯，他们不让我们走，斯诺特看起来情绪真的很恶劣，形势不怎么好。"

柏拉图皱着眉头，仔细地打量着那对兄弟，他们一动也不动，仍在用呆滞的目光看着地面。"你知道吗，汉克，他们看起来好像……变绿了。"

"是的，当我提到这一点时，斯诺特让我闭嘴。"

"绿看起来并不是自然的颜色，对吧？"

"对，他也不想听到这句话。"

"唔，"柏拉图用一只爪子揉搓着下巴，"你知道吗，汉克，如果让我猜，我会说他们……生病了。"

我注视着他，一股旋风卷过了我的脑海。"生病了！这就对了！你不明

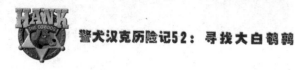

白吗？他们是野兽，他们的身体对健康的音乐没有抵抗力！你的歌曲太健康了，它让他们生病了！"

柏拉图眨了一下眼睛。"你真的这样认为？"

"是的，还有一件事你知道吗？我刚刚想出来一个从这里脱身的办法。"我轻声在他耳边说出我的计划。

"你认为这行得通吗？"

"我知道它行得通！阳光、微笑、礼貌、快乐……这些东西是抗野兽的！再来一次合唱就会把他们逼到绝境。你准备好了吗？"

"准备好了，不过，坦率地说，汉克……"

"别说废话，开始唱歌！"

我们转身面向那对兄弟，扯开嗓门又合唱了一遍《阳光之歌》。他们立刻产生反应了，似乎我们刚把一瓶致命毒素的瓶塞拔出来，把毒素释放到了空气中。一丝恐惧的表情从他们的眼睛里流露出来，他们开始喘息、呕吐、捂住耳朵。

他们费力地站立起来，虚弱不堪的腿一前一后地晃动着。当合唱到第三段时，他们的脸色从浅绿色变成了骇人的深绿色，而且眼睛里的光芒都消失不见了。当唱到最后一段时，他们的脑袋一上一下地晃动着，我听到斯诺特发出了一声呻吟。

"哼！健康的歌曲让斯诺特病得比一匹马还厉害！"

说着，他逃之夭夭了，从洞口跳出去，消失在迷雾当中。瑞普蹒跚着又绕了一圈，他变成了对眼儿，绿色的泡沫从他的嘴角冒出来，然后，他也逃出了洞外。

随后是一阵诡异的寂静，这种寂静只有浓雾才会制造出来。不过，寂静很快就被两只中毒的野兽雷鸣般的号叫声打破了……"快召唤伯爵与拉尔夫[①]。"正如牛仔们所说的。

"伯爵！拉尔夫！伯爵！拉尔夫！"

柏拉图惊异地摇了摇头。"坦率地说，汉克，这是我曾经见过的最奇怪的事情。"他咧嘴笑起来。"不过，你知道，这招管用。"

"这招的确管用。现在，让我们离开这里，在抗野兽毒素消失之前。当它消失的时候，那两个家伙会疯狂得想吃掉岩石。"

我们跑出洞口，离开了那个洞穴。由于那对兄弟是从左边离开的，我们决定取道右边，朝着……嗯，北方，我希望，不过我真的不在乎，只要我们不在雾中遇到任何一只野兽就好。

我讨厌用涡轮速度进行这次旅程，不过，一想到会再被那对兄弟抓到，我就不在乎任何问题了，不论是……梆……撞到岩石，还是……梆……撞到雪松树，是的，在阴暗的浓雾中，我们会与一些坚硬的物体面对面。

不过，当我们跑出四分之一英里之后，浓雾突然之间消失了，我们启动了加速程序，一直向牧场跑去。

当我们看到远处的牧场总部时，柏拉图放慢了脚步，先是步行，然后停了下来。"汉克，我必须问你一些事，我们会遇到……比欧拉吗？"

"如果她在这里，是的。"

他垂下了脑袋。"我不能见她！我为自己的行为感到非常羞愧，像一只……一只轻浮的捕鸟犬一样再次跑掉了！"

我把一只爪子搭在他的肩膀上。"柏拉图，我有一个好消息和一个坏消

---

① Call Earl and Ralph是美国俚语，意思是"呕吐"，其字面意思是"召唤伯爵与拉尔夫"。

息要告诉你。好消息是，我答应比欧拉把你活着带回来，我做到了；坏消息是，对你而言，你已经出局了。"

他注视着我。"出局？"

"是的，我不知道如何更婉转地表达这一点，你现在是比欧拉小姐的前捕鸟犬男友了。"

"你是说……"

"是的，她与我做了一个交易：如果我把你安全地带回来，她就会让我成为她生命中最重要的人。现在，你可以自由地去追逐大白鹌鹑了，你可以想漫游多长时间，就漫游多长时间。"

他不知所措了。"汉克，我必须告诉你一些事，世界上根本没有什么大白鹌鹑。它只是一个幻想，一个冲动，一个疯狂的梦，我现在已经明白了。"

"说得对，伙计，作为代价，它让你付出了一个女朋友。柏拉图，我要发自内心地说，你是我所见过的最愚蠢的狗。"我在他的肩膀上拍了一下。"现在，如果你不介意，我与一位女士还有一个约会，你可以离开了，再见。"

"再见，汉克，我不会记仇的，我自作自受。"

他转过身，垂着脑袋，尾巴拖在地上离开了。有片刻的时间，我感到了一阵悲哀的刺痛，不过，就在这时，比欧拉的脸浮现在了我的脑海里，嗯，必须有人失去她，他失去总比我失去要好，是不是？

第十二章

发誓绝不再碰塑料

好吧，这很悲伤，不过，你能为一部由一条捕鸟犬主演的肥皂剧流多少眼泪？不会很多，他自作自受，他自己这样说的。

大白鹌鹑，多么愚蠢的幻想啊。

不过，柏拉图的生活就像挡风玻璃上的一只虫子一样飞溅而去，并不意味着我会担心他。不，先生，我有更重要的事情等着我。想一想吧，多年以来我使用了书本上教的每一个招术去追求她。现在，终于，我完全拥有她了！

我向牧场总部跑去，心中感到如此幸福，以至于脚掌几乎都触不到地面了。"比欧拉？喂，比欧拉小姐？战无不胜的英雄已经从他的旅途中凯旋了，正准备收取他的租金，正如你所说的。"

我没有在器械棚前找到她。她回家了吗？当然不会，我们做了一个交易，她会等我的，不是吗？她当然会信守诺言的。

我查看了其他几个地方，开始感到有些愤怒。我的意思是，她应该等待着我、注视着我，这样她才会在我回到牧场总部的这一刻扑到我的怀中。这不是英雄凯旋时应该出现的场面吗？当然是的。

不过，当我在院门前瞥见她时，老兄，我的心蹦跳起来，开始翻起了筋斗。即使隔着很远的距离，我也能看到爱的火焰在她漂亮的牧羊犬眼睛里闪着光，并且……呃？卓沃尔？

那个爱管闲事的小东西正待在她的身边，脸上挂着他那副招牌式的傻笑，用崇拜的眼神望着她。你们看到了吗？这告诉了我们需要知道的关于他所谓的坏腿的一切，这个小骗子竟然……

哦，算了，反正没有造成伤害。我确信那个小矮子已经用他的诗歌让她厌烦得要命了。嘿嘿，事实上，我自己也想不出比这个更好的办法。卓沃尔花了几个小时为别人——例如，我——作了很好的宣传。

我昂首阔步地向着大门口走去。当卓沃尔看到我时，他一下子畏缩起来，躲到了比欧拉的身后。"汉克，我希望你不会……我们只是……"

"不用放在心上，小东西，我过后再跟你算账。"我把贪婪的目光转向可爱的比欧拉小姐，挑了挑我的左眉毛。"你好，小姐，我回来了。"

她没有扑进我的怀中，这让我有些失望。相反，她用很平常的目光看着我。"你找到柏拉图了吗？他好吗？"

"是的，小姐，为了救那个笨蛋，我不得不打败奥希尔特里县一半的郊狼。如果另一半的郊狼也出现，我会再多耽搁三十分钟的。"

"你告诉他……我们的事了？"

"是的，我告诉他了。"

"他接受了吗？"

"嗯，他尾巴拖在地上离开了，他可能认为他的心碎了，不过他会熬过去的。下周这个时间，他就会重新开始漫游去寻找大白鹌鹑。"

她在我的面前转过身去。"汉克，我知道我给了你我的承诺，不过我又重新考虑了一下。是柏拉图的事情，不是我的。那个可怜的人变得如此心烦意乱，他需要有人照顾。"

"对。他需要被关在一座房子里、一个狗窝里，与世界上其他的捕鸟犬待在一起。比欧拉，那个笨蛋不值得你为他这么做，甚至他自己都是这样说的。"

我听到了她的啜泣声。"这听起来像他说的话，如此善良，如此谦卑。"

"哦，老天！他完全有理由谦卑，他是一个傻瓜。"

她用恳求的眼神看着我。"汉克，求你了，我求你重新考虑一下。"

我给了她一个冷冰冰的微笑。"我不会重新考虑的，我正大光明地赢得了你，我坚持收取我的……"就在这时，我注意到一个东西正躺在比欧拉的脚边。"卓沃尔，那是我的园艺铲子吗？"

他把脑袋从比欧拉身后探出来。"我认为这是萨莉·梅的。"

"它曾经是萨莉·梅的，但是，我已经把它要过来了。"

"是的，不过你把它扔掉了。我认为你不想要了。"

"我价值连城的带有塑料把手的园艺铲子为什么会在这里？"

"嗯……我认为这是送给比欧拉的一个好礼物。"

我觉得自己的眼珠儿凸了出来。"什么？你把我最珍贵的东西送了出去？喂，你这个窃贼，把它还给我！"我向那把铲子冲过去，不过卓沃尔抢先赶到那里，叼起了它，向远处跑去。"卓沃尔，回来，这是我下的命令！"他继续奔跑着，于是我转身对比欧拉说："请原谅，小姐，我们这里发生了一件窃案。"

她的眼睛睁得大大的。"就在现在这个时候，你要离开吗？我们正在讨论一个非常重要的事情呢。"

她说得对，我知道她说得对，不过，她不理解卓沃尔所犯下的罪行的深重。我开始踱起步来。"比欧拉，那把铲子是无价之宝！它有一个塑料把手。"

"一个塑料把手！你怎么了？"

我的思维变得混乱起来，我几乎不知道自己在说什么："我不知道……不过，我必须咀嚼那个塑料！"

她盯着我，高高地挺起了胸膛。"汉克，我一直以为柏拉图在对待鸟的问题上是愚蠢的，不过，你对……塑料！这完全是发疯了！"

"我知道看起来是这样的，不过……听着，我马上就会回来。亲爱的，你在这里等着，不要走开。"我怒吼着跑上小山，去追那个偷铲子的窃贼。"卓沃尔，如果你敢嚼我的铲子！……"

在我的身后，我听到了比欧拉的声音。"先生，我希望你好好享受你的铲子，因为当你回来时，我已经不在这里了！"

"比欧拉，理智一些！只需要一会儿的工夫。"

"我永远也不会把我的心交给一条嚼塑料的狗！再见！"

"卓沃尔，回到这里来！"

我知道她不会离开的。

我非常确定她不会离开的。

她居然离开了！

我简直无法相信这一点！我的意思是，我只花了三十五分钟就抓住了那个窃贼，把他逮捕归案，没收了他偷来的铲子，并将塑料把手嚼成了碎片。当我跑回到院门前时，她已经离开了，带走了我所有的希望与浪漫的梦想。

我崩溃了，我四分五裂了，我遭到了毁灭性的打击。我无法想象自己破碎的生活还能不能恢复原样。那天晚上，日落时分，我独自待在空荡荡的办公室里，回想着已化为灰烬的爱情故事，想知道自己……嗯，自己对此是否应负一部分责任。

事实上，我不是独自待在办公室里。卓沃尔就坐在附近，鼻子冲着角落，正在苦熬着他的监禁时光。由于渴望着温暖与友谊，于是我开始同他交谈起来。

"我仍然无法相信她丢下了我。"

"是的，不过是你丢下了她。"

"卓沃尔，我是为了追回我价值连城的塑料园艺铲子，噢，谢谢你毁掉了我的生活。"

"我能把鼻子从角落里拿开吗？"

"不能。我只是想不明白，那些女人们想要什么？"

"嗯……不嚼塑料的狗，我想。"

我注视着面前碎成两千片的塑料，它们曾经是铲子的塑料把手。"你认为萨莉·梅会注意到她的铲子失踪了吗？"

"当然。"

"你认为她会不会怀疑到……嗯，我们？"

"她会怀疑你。我几乎可以保证这一点。"

我厌倦地叹了一口气，踱到他的身边。"我就是担心这一点，卓沃尔，这个悲剧已经迫使我审视自己的内心深处了。"

"我也曾经这么做过一次，不过我看不到肚脐下面的地方。"

"请闭嘴，我正在告诉你一些非常严肃的事情。"

"抱歉。"

我用目光环视着办公室。"卓沃尔，我已经开始考虑放弃咀嚼塑料了，我的意思是，当你从某一个角度来看时，这样做似乎……嗯，真的很愚蠢。"

"是的，这样做会让所有的女人都生气发狂。"

"说得没错，它就像追鸟一样疯狂，不过，它带给我很多伤心的事。卓沃尔，在此刻，我建议治安部门的所有人员都发誓，永远也不再咀嚼塑料了。"

"我已经发过誓了。"

"我知道，咀嚼塑料会让人变糊涂，是不是？不过，这一次，卓沃尔，我们必须发誓永远戒掉塑料。"

"我能把鼻子从角落里拿开吗？"

我思索了一会儿。"好吧，在这个庄重的时刻，我可以让你出狱。你是一条自由的狗了，我希望你能轻盈地使用你的自由。"

"什么？"

"我说，我希望你能精明地使用你的自由。"

我给了他片刻的时间，让他蹦来跳去，庆祝自己出狱，然后我们治安部门的所有人员都集合起来，发誓绝不再碰塑料。经过这一天的悲剧事件以后，那些誓言有了全新的意义。失去比欧拉是一个悲惨的经历，不过我知道，我已经洗心革面，从各个方面都变成一条更加睿智的狗了。

再也不会为塑料疯狂了。

仪式之后，我们回到各自的粗麻袋床上，准备在悲伤的睡梦中，也许还有片刻的睡眠当中，度过这一夜。我扑进了我可爱的粗麻袋床的温暖怀抱中，就在这时，我听到附近传来了一个奇怪的骨碌声。我转过脑袋，看到……我简直无法相信自己的眼睛！

"卓沃尔，你看到我看到的东西了吗？"

"是的，那是一个塑料汽水瓶。它一定是从垃圾筒里掉出来的。"

"没错，你在想我正在想的事情吗？"

一丝疯狂的光芒掠过卓沃尔的眼睛。"就这一次？"

总之，我们，呃，立刻进入到睡眠当中，几乎什么事情都没有发生。

这个故事接下来的部分是——唉——比欧拉回到了她的捕鸟犬男朋友身边。一连几个星期、几天、几小时，我几乎无法做任何事情，我身上的这个伤口太深了……不管什么地方都是如此。不过，在缓慢而痛苦的过程中，我破碎的心还是自动愈合了，我能够回到我牧场治安长官的日常工作中了。

我不再梦想可爱的比欧拉小姐了吗？不，我永远也不会，总有一天……嗯，明天就会有的。

噢，还记得那辆被偷的"嘎"车吗？这个案子让我们费了几个月的时间，不过，最后，我们不得不因缺少证据而放弃这个案子。没有人知道小阿尔弗雷德的塑料"嘎"车遇到了什么事情，它只是……嗯，不留一丝痕迹地消失了。我没有开玩笑。

案件结束。

第53册《卓沃尔的秘密生活》

　　所有人都喜爱卓沃尔，汉克值得信赖却胆小怯懦的助手。不过，你们知道这个秃尾巴的小白狗来到牧场之前的生活吗？好了，本册书就是卓沃尔自己写下的传记。在器械棚落满灰尘的地面上，卓沃尔将自己不为人知的生活原原本本地写了下来——从作为兄弟姐妹中的小矮子的早年生活，到寻找工作的挫折经历，直到最终成为汉克的左膀右臂。作为汉克长篇系列小说中的一册，本书从前所未有的视角描述了卓沃尔鲜为人知的生活。对所有汉克迷来说，这是必不可少的一本。

下册预告

你救过警犬汉克所有的历险吗？

1. 《警犬汉克初次历险》
2. 《警犬汉克再历险境》
3. 《狗狗的潦倒生活》
4. 《牧场中部谋杀案》
5. 《凋谢的爱》
6. 《别在汉克头上动土》
7. 《玉米芯的诅咒》
8. 《独眼杀手案》
9. 《万圣节幽灵案》
10. 《时来运转》
11. 《迷失在黑森林》
12. 《拉小提琴的狐狸》
13. 《平安夜秃鹰受伤案》
14. 《汉克与猴子的闹剧》
15. 《猫咪失踪案》
16. 《迷失在暴风雪中》
17. 《恶叫狂》
18. 《大战巨角公牛》
19. 《午夜偷牛贼》
20. 《镜子里的幽灵》
21. 《吸血猫》
22. 《大黄蜂施毒案》
23. 《月光疯狂症》
24. 《黑帽刽子手》
25. 《龙卷风杀手》
26. 《牧羊犬绑架案》
27. 《暗夜潜行的骨头怪兽》
28. 《拖把水档案》
29. 《吸尘器吸血案》
30. 《干草垛猫咪案》
31. 《鱼钩消失案》
32. 《来自外太空的垃圾怪兽》
33. 《患麻疹的牛仔案》
34. 《斯利姆的告别》
35. 《马鞍棚抢劫案》
36. 《暴怒的罗威纳犬》
37. 《致命的哈哈比赛案》
38. 《放纵》
39. 《神秘的洗衣怪兽》
40. 《捕鸟犬失踪案》
41. 《大树被毁案》
42. 《机器人隐居案》
43. 《扭曲的猫咪》
44. 《训狗学校历险记》
45. 《天空塌陷事件》
46. 《狡猾的陷阱》
47. 《稚嫩的小鸡》
48. 《猴子盗贼》
49. 《装机关的汽车》
50. 《最古老的骨头》
51. 《天降大火》
52. 《寻找大白鹤鹋》
53. 《卓沃尔的秘密生活》
54. 《恐龙鸟事件》
55. 《秘密武器》
56. 《郊狼入侵》